人文阅读与收藏·良友文学丛书

舒乙题

原丛书主编：赵家璧

特 邀 顾 问：舒　乙　赵修慧　赵修义　赵修礼　于润琦

出 品 人：马连弟
监　　制：李晓琤
执　　行：张娟平
统　　筹：吴　晞　姚　兰
装帧设计：赵泽阳

特别鸣谢（按姓氏笔画排列）：
韦　韬　叶永和　李小林　沈龙朱　陈小滢　杨子耘
张　章　周　雯　周吉仲　舒　乙　蒋祖林　施　莲
姚　昕　俞昌实　钟　蕻　郑延顺　赵修慧
以及在版权联系过程中尚未联系到的作者或家属

特别鸣谢：
上海鲁迅纪念馆
北京鲁迅博物馆
北京大学中国语言文学系
复旦大学中国语言文学系
中国作家协会权益保障委员会

人文阅读与收藏·良友文学丛书

一天的工作

鲁　迅 编译

中国国际广播出版社

良友版《一天的工作》平装本封面

良友版《一天的工作》编号页

良友版《一天的工作》扉页

良友版《一天的工作》版权页和目录页

良友版《一天的工作》内文

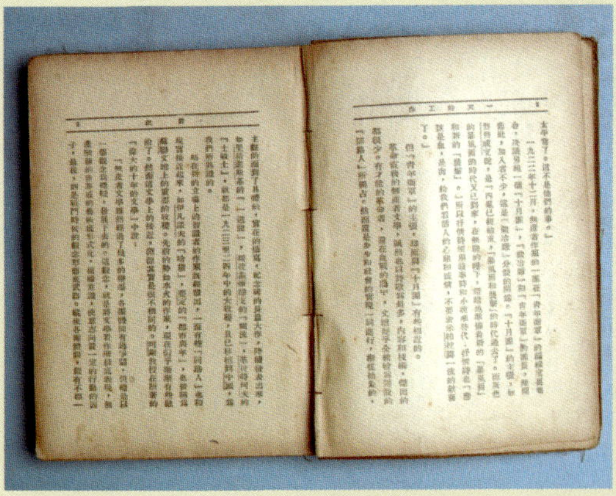

《良友文学丛书》新版出版说明

二十世纪三四十年代，著名编辑赵家璧在上海良友图书公司老板伍联德的支持下，历经十余年，陆续出版《良友文学丛书》，计四十余种。其中三十九种在上海出版，各书循序编号，后出几种则无。该套丛书以收入当时左翼及进步作家的作品为主，也选入其他各派作家作品。其中小说居多，兼及散文和文艺论著；第一号是鲁迅的译作《竖琴》。丛书一律软布面精装（亦有平装普及本），外加彩印封套，书页选用米色道林纸，售价均为大洋九角。

《良友文学丛书》选目精良，在现在看来，皆为名家名作；布面精装的装帧更是被许多爱书人誉为“有型有款”。不可否认，在装帧设计日益进步的当下，这套出版于二十世纪三四十年代的丛书外形已难称书中翘楚，但因岁月洗汰，人为毁弃，这套曾在出版史上一度“金碧辉煌”过的丛书首版已然成为新文学极其珍贵的稀见“善本”。

在《良友文学丛书》首版八十周年之际，为满足现代普通读者和图书馆对该丛书阅读与收藏的需求，我们依据《良友文学丛书》旧版进行再版（四种特大本不在其列）。本着尊重旧版原貌的原则，仅对旧版中失校之处予以订正。新版《良友文学丛书》采用简体横排的形式，以旧版书影做插图，装帧力求保持旧版风格，又满足当下读者的审美趣味。希望这一出版活动对缅怀中国出版前辈们的历史功绩和传承中国文化有所裨益，也希望广大读者多提宝贵意见和建议，以便我们把日后的工作做得更好。

《良友文学丛书》新版校订说明

一、本丛书收录原良友图书公司编辑赵家璧主编《良友文学丛书》共四十六种（四种特大本不在其列），乃为目前发现且确系良友版之全部。

二、此番印行各书，均选择《良友文学丛书》旧版作为底本，编辑内容等一律保持原貌，未予改窜删削。

三、所做校订工作，限于以下各项：

（1）将繁体字改为简体字；

（2）原作注释完全保留；

（3）尽量搜求多种印本等资料进行校勘，并对显系排印失校者在编辑中酌予订正；

（4）前后字词用法不一致处，一般不做统一纠正；

（5）给正文中提到的书籍和文章及其他作品标上书名号，原作书名写法不规范、不便添加符号者，容有空缺；

（6）书名号以外其他标点符号用法，多依从作者习惯，除个别明显排印有误者外均未予改动。

目　次

前　记（鲁　迅）…………………………………………… 1
B·毕力涅克：
苦　蓬（鲁迅译）…………………………………………… 6
L·绥甫林娜：
肥　料（鲁迅译）…………………………………………… 22
N·略悉珂：
铁的静寂（鲁迅译）………………………………………… 60
A·聂维洛夫：
我要活（鲁迅译）…………………………………………… 69
S·玛拉式庚：
工　人（鲁迅译）…………………………………………… 77
A·绥拉菲摩维支：
一天的工作（鲁迅译）……………………………………… 95
A·绥拉菲摩维支：
岔道夫（鲁迅译）…………………………………………… 129
D·孚尔玛诺夫：
革命的英雄们（鲁迅译）…………………………………… 152

M·唆罗诃夫：
父　亲（鲁迅译） …………………………………………… 195
F·班菲洛夫，V·伊连珂夫：
枯煤，人们和耐火砖（鲁迅译） ……………………… 207
后　记（鲁　迅） …………………………………………… 221

前　记

苏联的无产作家，是十月革命以后，即努力于创作的，一九一八年，无产者教化团就印行了无产者小说家和诗人的丛书。二十年夏，又开了作家的大会。而最初的文学者的大结合，则是名为“锻冶厂”的集团。

但这一集团的作者，是往往负着深的传统的影响的，因此就少有独创性，到新经济政策施行后，误以为革命近于失败，折了幻想的翅子，几乎不能歌唱了。首先对他们宣战的，是《那巴斯图》（意云：在前哨）派的批评家，英古罗夫说：“对于我们的今日，他们在怠工，理由是因为我们的今日，没有十月那时的灿烂。他们……不愿意走下英雄底阿灵比亚来。这太平常了。这不是他们的事。”

一九二二年十二月，无产者作家的一团在《青年卫军》的编辑室里集合，决议另组一个“十月团”，“锻冶厂”和“青年卫军”的团员，离开旧社，加入者不少，这是“锻冶厂”分裂的开端。“十月团”的主张，如烈烈威支说，是“内乱已经结束，‘暴风雨和袭击’的时代过去了。而灰色的暴风雨的时代又已到来，在无聊的幔下，暗暗地准备着新的‘暴风雨’和新的‘袭击’。”所以抒情诗须用叙事诗和小说来替代；抒情诗也“应该是血，是肉，给我们看活人的心绪和感情，不要表示柏拉图一流的欢喜了。”

但“青年卫军”的主张，却原与“十月团”有些相近的。

革命直后的无产者文学，诚然也以诗歌为最多，内容和技术，杰出的都很少。有才能的革命者，还在血战的涡中，文坛几乎全被较为闲散的“同路人”所独占。然而还是步步和社会的实现一同进行，渐从抽象的，主观的而到了具体的，实在的描写，纪念碑的长篇大作，陆续发表出来，如里培进斯基的《一周间》，绥拉菲摩维支的《铁流》，革拉特珂夫的《士敏土》，就都是一九二三至二四年中的大收获，且已移植到中国，为我们所熟识的。

站在新的立场上的智识者的作家既经辈出，一面有些“同路人”也和现实接近起来，如伊凡诺夫的《哈蒲》，斐定的《都市与年》，也被称为苏联文坛上的重要的收获。先前的势如水火的作家，现在似乎渐渐有些融洽了。然而这文学上的接近，渊源其实是很不相同的。珂刚教授在所著的《伟大的十年的文学》中说：

无产者文学虽然经过了几多的变迁，各团体间有过争斗，但总是以一个观念为标帜，发展下去的。这观念，就是将文学看作阶级底表现，无产阶级的世界感的艺术底形式化，组织意识，使意志向着一定的行动的因子，最后，则是战斗时候的观念形态底武器。纵使各团体间，颇有不相一致的地方，但我们从不见有谁想要复兴一种超阶级的，自足的，价值内在的，和生活毫无关系的文学。无产者文学是从生活出发，不是从文学性出发的。虽然因为作家们的眼界的扩张，以及从直接斗争的主题，移向心理问题，伦理问题，感情，情热，人心的细微的经验，那些称为永久底全人类的主题的一切问题去，而“文学性”也愈加占得光荣的地位；所谓艺术底手法，表现法，技巧之类，又会有重要的意义；学习艺术，研究艺术，研究艺术的技法等事，成了急务，公认为切要的口号；有时还好像文学绕了一个大圈子，又回到原先的处所了。

所谓“同路人”的文学，是开拓了别一条路的。他们从文学走到生活去。他们从价值内在底的技巧出发。他们先将革命看作艺术底作品的题材，自说是对于一切倾向性的敌人，梦想着无关于倾向的作家的自由的共和国。然而这些“纯粹的”文学主义者们——而且他们大抵是青年——终于也不能不被拉进全线沸腾着的战争里去了。他们参加了战争。于是从革命底实生活到达了文学的无产阶级作家们，和从文学到达了革命底实生活的“同路人们”，就在最初的十年之终会面了。最初的十年的终末，组织了苏联作家的联盟。将在这联盟之下，互相提携，前进了。最初的十年的终末，由这样伟大的试练来作纪念，是毫不足怪的。

由此可见在一九二七年顷，苏联的“同路人”已因受了现实的熏陶，了解了革命，而革命者则由努力和教养，获得了文学。但仅仅这几年的洗练，其实是还不能消泯痕迹的。我们看起作品来，总觉得前者虽写革命或建设，时时总显出旁观的神情，而后者一落笔，就无一不自己就在里边，都是自己们的事。

可惜我所见的无产者作家的短篇小说很有限，这十篇之中，首先的两篇，还是“同路人”的，后八篇中的两篇，也是由商借而来的别人所译，然而是极可信赖的译本，而伟大的作者，遗漏的还很多，好在大抵别有长篇，可供阅读，所以现在也不再等待，收罗了。

至于作者小传及译本所据的木子，也都写在《后记》里，和《竖琴》一样。

临末，我并且在此声谢那帮助我搜集传记材料的朋友。

一九三二年九月十八夜，鲁迅记。

苦蓬

B·毕力涅克 作

一

回转身，走向童山顶上的发掘场[①]那面去，就觉出苦蓬的苦气来。苦蓬展开了蒙着银色尘埃的硬毛，生满在丘冈上，发着干燥的苦味。从空旷的顶上，可望周围四十威尔斯忒[②]，山下流着伏尔迦河，山后的那边，躺着烟囱林立的少有人烟的临终的街市。从平原上，是吹来了飒飒的风。

当站住告别的时候，望见从对面的山峡里，向发掘场这边跑来了一串裸体的女人，披头散发，露出乌黑的凹进的小腹，手捏茅花，大踏着从从容容的脚步。女人们一声不响，走到发掘场，将太古的遗迹绕了一圈，又

① 考古学家发掘古代遗迹之处——译者。

② 俄里——译者。

扬着苦蓬的尘埃，回到山崖那边，山峡那边，峡后面的村落那边去了。

包迪克于是开口说：

“离这里十五威尔斯忒的处所，有一个沿河的小村，那里还留着千年前以来的迷信。闺女们跑出了自己的土地，用了自己的身体和纯洁来厌禳，那是在彼得·桑者符洛忒周间内举行的。谁想出来的呢，说是什么桑者符洛忒！……比起发掘之类来，有趣得多哩。此刻岂不是半夜么，那些闺女们恐怕正在厌禳我们罢。那是闺女的秘密啊。”

从平原上，又吹来了飒飒的风。在无限的天空中，星在流走，——七月的流星期已经来到了。络纬发出干燥闷热的声音。苦蓬放着苦气味。

告别了。临别的时候，包迪克捏着那泰理亚的手，这样说：

“那泰理亚，可爱的人儿，你什么时候归我呢？”

那泰理亚并不立刻，用了低低的声音回答道：

“不要这样子，弗罗贝呀。”

包迪克往天幕那边去了。那泰理亚回到山崖这面，穿过白辛树和枫树生得蒙蒙茸茸的小路，回了公社的地主的家里。夜也减不掉白天晒上的热。虽说是午夜，却热得气闷，草，远方，伏尔迦河，大气，一切都银似的干透了在发闪。从多石的小路上，飞起了干燥的尘埃。

调马的空地上，躺着斯惠里特，看了天在唱歌：

伏尔迦，伏尔迦，河的娘！
请打科尔却克[①]的耳光！
伏尔迦，伏尔迦，水的娘！
请打共产党员的耳光！

看见了那泰理亚，便说：

“就是夜里，那泰理亚姑娘，也还是不能困觉的啊，倘不怎么消遣消遣，公社里的人们，都到野地里去了哩。到发掘场去走了一趟么？不是全市都要掘转了么，——这样的年头，什么都要掘转呀，真是的。”——于是又唱起歌来：

伏尔迦，伏尔迦，河的娘呀！……

“市上的报纸送到了。苦蓬的气味好不重啊，这地方是。”

那泰理亚走进天花板低低的读书室（在地主时代，这地方是客厅），点起蜡烛来。昏昏的光，反映在带黄的木柱上。挂着布片的小厨，打磨过的大厨（没有门

① 白党的将军——译者。

的)，还是先前一样站着，窗上是垂着手编的镂空花纹的窗幔。低矮的家用什物，都依了平凡的摆法整然排列着。

侧着头，沉重的束发，挂下了——看报。用灰色纸印的市上送来的报章上，用阿喀末屑做成的青色的墨斯科的报章上，都满是扰乱和悲惨的记事。粮食没有了，铁没有了，有饥渴和死亡和虚伪和艰难和恐怖。

老资格的革命家，生着马克斯一般的络腮胡子的绥蒙·伊凡诺微支走了进来。坐在安乐椅子上，手忙脚乱地开始吸烟卷。

"那泰理亚!"

"嗡。"

"我去过市里了，你猜是开手了些什么？什么也没有！到冬天，怕都要饿死，冻掉的罢。你知道，在俄国，没有炼铁所必要的盐：没有铁，就不能打锉子，没有锉，就不能磨锯子。所以连锯柴也无论如何做不到，——那里有盐呢！糟呀。你也懂得的罢，多么糟呢，——多么糟的，讨厌的冷静啊。你瞧，说是活，说是创造，不如说死倒是真的。在这里四近的，是死呀，饥饿呀，伤寒症呀，天泡疮呀，霍乱呀……树林里，山谷里，到处是流氓。怎么样，——那死一般的冷静。死灭呀。在草原上，连全体死灭了的村子也有，没一个来埋掉死尸的人。每夜每夜，逃兵和野狗在恶臭里乱跑……唉唉，俄罗斯国民！……”

屋顶的那泰理亚的屋子里面，和堆在屋角的草捆一起，竖着十字架的像。大肚子的桃花心木的梳装台上，和旧的杂乱的小器具并排放着的镜子，是昏暗，剥落了。梳装台的匣子打开着，从这里还在放散些地主时代的蜡香，在底里，则撒着条纹绢的小片，——这屋子里，先前是住着地主的女儿的，有小地毯和路毯。从窗间，则伏尔迦河，以及那对面的草原——耕作地和美陀益尼的森林，都邈然在望，知道冬天一到，这茫茫的平野便将掩于积雪，通体皓然了。那泰理亚重整了束发，脱去上衣，只穿一件雪白的小衫，站在窗前很长久。她想着考古学家包迪克的事，绥蒙·伊凡诺微支的事，自己的事，革命的悲哀，自己的悲哀。

燕子首先报晓，在昏黄干燥的暗中，飞着锡且培吉[①]，最后的蝙蝠也飞过了。和黎明一同，苦蓬也开始发出苦气来。那泰理亚知道——苦蓬的发散气味，那苦的童话一般的气味，生和死的水的气味之在发散，也不仅是这平野中的七月，我们的一生中是都在发散的。苦蓬的苦，是现代的苦：但农家妇女们，都用苦蓬来驱除恶魔和不净。俄罗斯的民众……她想起来了，四月里，在平野上的一个小车站那里，——那地方，有的是天空

① 似是鸟名——译者。

和平野和五株白杨树和铁轨和站屋，——曾经见过三个人——两个农夫和一个孩子。三个都穿草鞋，老人披着短外套，女儿是赤膊的。他们的鼻子，都在说明着他们的血中，的确混着秋瓦希和鞑靼的血液。三个都显着瘦削的脸。大的通黄的落日，照映着他们。老人的脸正像农家草舍，头发是草屋顶一般披垂，深陷的眼（是昏暗的小窗）凝视着西方，似乎千年之间总是这模样。在那眼中，有着一点东西，可以称为无限的无差别，也可以称为难懂的世纪的智慧。那泰理亚那时想——惟这才是真的俄罗斯国民，惟这才是有着农家草舍似的损伤了的脸和草屋顶似的短发的，浸透了灰尘和汗水的，钝弱的灰色的眼。老人凝视着西方。别一个弯了腿，将头靠在那上面，不动地坐着。女孩躺在散着向日葵子壳和痰和唾沫的街石上，睡着了。大家都不说话。如果去细看他们，——正值仗着他们，以他们之名，而在革命，——是悲痛，难堪的……他们，是没有历史的国民，——为什么呢，因为有俄罗斯国民的历史的地方，就有作自己的童话，作自己的歌谣的国民在……这些农民，于是偶或误入公社中，发出悲声，唱歌，行礼，求讨东西，自述他们是巡礼者。首先，是平野上的饥渴，赶他们出来的，什么全都吃光，连马也吃掉了，在故乡，只剩下钉了门的小屋，而且为了基督的缘故，在平野里彷徨。那泰理亚看见从他们那里有虱子落下。

家里有水桶声，女人们出去挤牛奶了。马匹已由夜间的放牧，赶了回来。一夜没有睡的绥蒙·伊凡诺微支，和斯惠里特一同整好马车，出外往滩边收罗干草去了。颇大了的鸡雏，闹起来了。用炎热来烧焦大地的白天，已经到来。那时候，在晚上，为了前去寻求别样的苦蓬——寻求包迪克的苦蓬，寻求欢喜的苦楚，非熬这炎热不可了。因为在那泰理亚，是未曾有过这苦蓬的欢喜的，而送来那欢喜者，则是或生或死的这些炎热的白天。

二

伏尔迦河被锋利地吃了进去。沿崖只有白辛树生长着的空荡荡的童山，突出在伏尔迦河里。这以四十威尔斯忒的眺望，高高地挺然立于伏尔迦之上。名曰乌佛克山，——世纪在这里保存了自己的名字。

在乌佛克的顶上，发见了遗迹和古坟，考古学家包迪克为要掘出它来，和先前在伏尔迦河上作工的一队工人一同光降了。发掘亘三周间，世纪被从地下掘起。在乌佛克，有古代街市的遗迹发见了。石造的水道的旧迹，屋宇的基础，运河等类皆出现。为石灰石和黑土所埋没的这建筑物，并非斯启孚和保加利亚人所遗留下来的东西。是不知何人从亚细亚的平原来到这里，想建立都会，而永久地从历史上消灭了的。他们之后，这不知何人之后，这里便来了斯启孚人，他们就留下了自己的坟墓。

在坟墓里，石的坟洞里，石的棺里，穿着一触便灰烬似的纷纷迸散的衣服的人骨，和刀，银的花瓶——这里是有阿拉伯的钱币的——，画出骑马人和猎夫模样的瓶和盘子——这里是曾经盛过饮料和食物的——这些东西一同倒卧着；脚的处所，有带着金和骨和石做成的鞍桥的马骨，那皮是成了木乃伊似的了。石的坟洞里，是死的世界，什么气味也没有，非进那里面去不可的时候，思想总是分明地沉静下去，心里是涌出了悲哀。乌佛克的顶上，是光光的。在炎热的暑气中，展开了蒙着银似的尘埃的硬毛，苦蓬生长着。而且发出苦的气味来。这是世纪。

世纪也如星辰一般，能教诲。包迪克知道苦的欢喜。考古学家包迪克的理解，是上下几世纪的。事物总不诉说生活，倒诉说艺术。事件，已经便是艺术了。包迪克也如一切艺术家一样，由艺术来测度了生活。

在这里，乌佛克和曙光一同开始发掘，用大锅烧了热汤。发掘了。正午，从公社里搬了食物来。休息了。又发掘了。直到傍晚。晚上，堆了柴，烧起篝火来，围着它谈天，唱歌……在山峡的那边的村子里，都在耕耘，收获，饮，食，眠——为了要活。山崖下面的公社里，也和这一样，做，食，眠；而且一切人们，还想十足地喝干生活的杯，饮尽平安和欢乐。和照例的炎热的日子一同，热的七月是到了。白天呢，实在耀眼得当不住。

夜呢，送来了惟夜独有的那轰动和平安。

或者在掘开夹着燧石和鬼石（黑而细长的）的干燥的黑土，或者将土载在手推车子上，运去了在过筛。掘下去到了石造的进口了。包迪克和助手们都十分小心地推开了石块。坟洞是暗的，什么气味也没有。棺在台座上。点起煤油灯，画了图。烧起镁光来，照下了照相。寂静，也没有出声的人。揭开了大约十普特重的成了苍白的盖石。

“这人恐怕就这样地躺了二千年，二十个世纪了罢。”

一边的山崖的近处，在掘一种圆圆的建筑物的碎片，聚在粗布上。那建筑物的石块，是未为时光所埋没，露在地面的。夜间闺女们来跑了一圈的，就是这废址。

乌佛克是险峻地挺立着。在乌佛克下面，任性的河伏尔迦浩浩地广远地在流走，在那泛滥区域的对面，则美陀益尼的森林抬着参差不齐的头。——在美陀益尼森林里，是逃兵和流氓的一团做着巢，掘洞屋，搭棚舍，从莽阴里放着步哨，有机关枪和螺旋枪，倘遭干涉，便准备直下平原，造起反来，侵入市街去，但这事除了从村子里来的农夫以外，在乌佛克，是谁也不知道的。

三

太阳走着那灼热的路程。白天里，为了炎热和寂静，令人不能堪，镕化了玻璃似的细细的暑热，在远方发抖。午后的休息时间，那泰理亚走到发掘场，坐在倒翻在掘开的泥土里的手推车子上，和包迪克一同晒着太阳在谈话。太阳是煌煌地照临。手推车子上，黑土上，草上，天幕上，都有杂色的条纹绢一般的暑热的色彩。

那泰理亚讲些暑热的事，革命的事，最近的事。——她竭全身的血以迎革命，希望革命的成就——而今日之日，却落得了苦蓬。今日之日，是用苦蓬在放散着气味。——她也像绥蒙·伊凡诺微支一般地说。加以为了包迪克将头靠在她的膝髁上，为了她的小衫的扣子脱开了，露着颈子，而且又为了热得太利害，她觉到别的苦蓬了。关于这个，她一句也不提。而她仍然像绥蒙·伊凡诺微支一般地说。

包迪克仰天躺着，半闭了那灰色的眼睛，握着那泰理亚的手。她为了热，为了恼，闭了嘴的时候，他就说起来：

“俄罗斯。革命。是啊。苦蓬在发气味呀，——生和死的水。是的。什么都灭亡下去了。没有逃路。是的……你去想想那个俄罗斯的童话罢——‘生和死的水’的话。呆伊凡已经完全没有法子，自己这里是一物不剩，他连死都不能够了。但是，呆伊凡胜利了。因为他有真实。真实是要战胜虚伪的。一切虚伪，是要灭亡的。童话这东西，都是悲哀和恐怖和虚伪所编就的东西，但无论什么时候，总靠真实来解开。看我们的周围罢，——在俄罗斯，现今岂不是正在大行童话么？创造童话的是国民，创造革命的也是国民，而革命现在是童话一般开头了。现在的饥荒，不全然是童话么？现在的死亡，不全然是童话么？市街岂不是倒回到十八世纪去，童话似的在死下去么？看我们的周围罢——是童话呀。而且我们——我们俩之间，也是童话啊。——你的手，在发苦蓬的气味哪。”

包迪克将那泰理亚的手放在眼睛上，悄悄地在手掌上接吻了。那泰理亚低头坐着。束发挂了下来。——而且她又激切地觉得，革命之于她，是和带着悲哀的欢喜，带着苦蓬的悲哀的那强烈的欢喜相联系的。是童话。乌佛克也是童话里的东西。美陀益尼也是童话里的东西。有着马克斯似的，凯希吉①一般黑心的怪物马克斯似的络腮胡子的那绥蒙·伊凡诺微支，也是童话里的东西。

手推车子。天幕。泥土。乌佛克，伏尔迦，远方，都为炎热炙得光辉灿烂。四近仿佛像要烧起来，既没有人气，也没有人声。太阳走着三点时分的路程。从手推车子下面和掘土之后盖着草席的洞里，时时爬出些穿着红的短裤和粗布裤子的各自随意装束的人物来，细着眼欠伸一下，到水桶里去喝水，吸烟。

一个男人坐在包迪克的面前，点上了烟卷，摩着袒

① 童话中的地下国土的魔王——译者。

露的毛茸茸的胸膛，一面慢慢地说：

“喂，动手罢，弗罗理支老板，……用马，就好了，密哈尔小子，得敲他起来，那畜生，死了似的钻在土里面。”

一到傍晚，络纬叫起来了。那泰理亚挑着大桶，到菜圃去给苗床浇水。额上流着汗，身子为了桶的重量，紧张得说不出，甜津津地作痛。溅在赤脚上的水点，来了凉爽的心情。一到了傍晚，野雀便在樱桃树的茂密中叫了起来，令人想到七月，于是立刻不叫了。最后的蜜蜂向着箱巢，黄金色的空气中悠悠然飞去。她走进樱林密处，吃了汁如血液的樱桃。丛莽之间，生着蓝色的吊钟草和大越橘，——照常采了一些，编起花环来。在楼顶的自己的屋子里，地主的小姐的屋子里，玩弄着装夌中的旧绢布，她一面嗅着蜡香和陈腐的发酸的气息。她用新的眼睛去看自己的屋子——屋子里面，罩满着带些苍味的黄昏，轻倩的颤动的影子在地板上爬走，有着旧式的颇为好看的花纹的蓝色墙壁，就用那旧式的沉静，省事地单纯地来迎接了。她在盆子里用凉水洗了浴。

听到了绥蒙·伊凡诺微支的脚步声，——走到崖下去躲避他，躺在草上，闭了眼睛。

太阳成了大的黄色的落日，沉下去了。

四

夜里很迟，包迪克和那泰理亚同到发掘场来。天幕旁边，堆了柴生着火，煮着热汤。柴山吐着烟焰，爆着火星，明晃晃地烧着。大约就为此罢，似乎夜就更加热，更加暗，也更加明亮了。远处的平野上有闪电。有将锅挂在柴火上煮水的，有躺的，也有坐的。

“那夜的露水，是甜的，做得药，列位，这给草，是大有好处的呀。蕨的开花，也就在这一夜。倘要到那林子里面去，列位，可要小心才好，因为所有树木，在那一夜，是都在跑来跑去的呀……真的呢……”

大家都沉默了。

有谁站了起来，去看锅子的情形。弯曲的影子爬着丘冈，落在山崖的对面。别一个取一块炭火，在两只手掌上滚来滚去，点着烟卷的火。约一分时，非常之静。在寂静里，分明地听到蟋蟀的声音。篝火对面的平野上有闪电。死一般的那光，鲜明地出现，于是消失了。从平野上吹来了微风，那吹送的不是暑热，是凉意，——于是，雷雨正在从平野逐渐近来，是明明白白了。

“我呢，列位，是不情愿将这地方来掘一通的。这地方，乌佛克这地方，是古怪的处所呀，什么时候总有苦蓬的气味的。司提班·谛摩菲也微支①的时代，这里的这顶上，有过一座塔。那塔里，是关着波斯国的公主

① 姓拉旬，俄国传说中的有名的反抗虐政的侠盗，曾劫取波斯公主，后为官军所获，五马分尸而死云——译者。

的，但那波斯国的公主，可是少有的美人啊，那是，列位，变了乌老鸦，成了狼一般的恶煞，在平野上飞来飞去，给百姓吃苦，带了各色各样的祸祟来的。这是先前的话了……听到了这事的司提班·谛摩菲也微支，便来到塔旁边，从窗子一望，公主可刚刚在睡着。其实呢，躺着的不过是公主的身子，魂灵却没有在那里的，但司提班竟没有留心到。因为魂灵是，列位，化了乌老鸦，在地上飞着啊。司提班叫了道士来。从窗间灌进圣水去……这么一来，好，要说以后的事，是无依的魂灵，在这乌佛克四近飞来飞去，原来的身子里是回不去了，碰着石壁，就哭起来。塔拆掉了，司提班系在高加索山里了，可是公主的魂灵还是无依的，哭着的……这地方，是可怕的，古怪的地方啊。娃儿们想和那标致的公主相像。常常，在半夜里，就恰是这时刻，赤条条地跑到这里来，不过并不知道那缘故……就因为这样，这地方生着苦蓬，也应该生起来的呀。”

有谁来打断了话头：

“可是，小爹，现在是，司提班·谛摩菲也微支·拉句头领也已经不系在那山里了，掘一通不也可以了么？现在是革命的时节了，人民大家的反抗时节了哩。”

“那是不错的，年青人，”首先的汉子说。“但是，还没有到将这地方来掘一通的那么地步啊。要一步一步地啊，唔，年青人，一步一步地，什么都是时节啊。革命——那确是如你所说，我们国度里的革命，是反抗呀。时节到了呀……一步一步地呀……”

“不错……”

一个土工站起身，到天幕这边来了。一看见包迪克。便冷冷地说：

“弗罗理支，你在听了么？我们似的乡下人的话，你怕不见得懂……我们的话，那里能懂啊。”

大家都住了口。有的学着别人，坐得端正点，吸起烟来。

“现在是好时节啊……列位，对不起。无缘无故的坏话，说不得的。老爷，再会再会。”穿着白色短裤的白发的老人，站了起来，赤着脚，向村落那边踉跄走去了。人影消在昏黑里。

电闪逐渐临近，增多，也鲜明起来，夜竟深深地黑了下去。星星闪烁了。风飞着树叶，凉爽地吹来。从辽远的无际的那边，传来了最初的雷震。

那泰理亚坐在手推车子上，低了头，两手抵住车底，支着身体，篝火微微地映照她。她直到本身的角角落落，感着，尝着强烈的欢娱，欢娱的苦恼，甜的痛楚。她知道了苦蓬的苦的悲哀——愉快的，不可测的，不寻常的，甘甜和欢喜。而粗野的包迪克的每一接触，还被苦蓬，被生的水，烧焚了身躯。

那一夜，没有能睡觉。

雷伴着狂雨，震吼，发光。雷雨在波斯公主的塔的遗迹的席子上，来袭那泰理亚和包迪克。那泰理亚知道了苦蓬的悲哀——波斯的公主留在乌佛克而去了的那妖魔的悲哀。

五

曙光通红地开始炎上了。

到破晓，从市街到了军队。在乌佛克上面架起大炮来。

肥　料

L·绥甫林娜　作

关于列宁，起了各式各样的谣言。有的说，原是德国人；有的说，不，原是俄国人，而受了德国人的雇用的；又说是用了密封的火车，送进了俄国；又说是特到各处来捣乱的。先前的村长什喀诺夫，最明白这人的底细。他常常从市镇上搬来一些新鲜的风闻。昨天也是在半夜里回来的。无论如何总熬不住了，便到什木斯忒伏的图书馆一转，剥剥的敲着窗门。瘦削的短小的司书舍尔该·彼得洛维支吓了一跳，离开桌子，于是跑到窗口来了。

他是一向坐着在看报的。

“谁呀？什么事？”

什喀诺夫将黑胡子紧紧的帖着玻璃，用尖利的声音在双层窗间叫喊道：

“逃掉了！用不着慌。今天夜里是不要紧的！刚刚从镇上逃走了!"

"阿呀，晚安。亚历舍·伊凡奴衣支！究竟，是谁逃掉了呀?"

"列宁啊。从各家的银行里搜括了所有的现款，躲起来了。现在正在追捕哩。明天对你细讲罢。"

"坐一坐去。亚历舍·伊凡诺维支，就来开门了。"

"没有这样的工夫。家里也在等的。明天对你细讲罢。"

"带了报纸来没有呀?"

"带了来了。但这是陈报纸，上面还没有登载。我是在号外上看见的……呸，这瘟马，布尔塞维克的瘟马，忒儿忒儿。"他已经在雪橇上自己说话了。"不要着忙呀！想家罢咧，想吃罢咧！名字也叫得真对：牲口……"

但是，到第二天，就明白了昨夜的欢喜是空欢喜。在市镇上受了骗的。一到早晨，便到来一个带着"委任状"的白果眼的汉子，而且用了"由'苏那尔科谟'给'苏兑普'的'伊司波尔科谟'"① 那样的难懂的话语，演起说来。列宁并没有逃走。

在纳贝斯诺夫加村，关于列宁的谣传还要大。这村子里，有学问的人们是很多的。那是教徒。他们称赞从

① 革命后所用的略语，意即"由人民委员会议给劳兵会的执行委员会"——译者。

俄国到这里来的，好像到了天堂一样。于是就叫成了纳贝斯诺夫加①。教徒们因为要读圣书，这才来认字。在和坦波夫加的交界处——这是一个叫作坦波夫斯珂·纳贝斯诺夫斯珂伊的村——用一枝钉着木板的柱子为界。那木板，是为了识字的人而设的。黑底子上用白字写道，“纳贝斯诺夫加，男四百九十五名，女五百八十一口”。这板的近边，有坦波夫加的几乎出界了的房屋。有各色各样的人们。纳贝斯诺夫加这一面，比较的干净。但在坦波夫加那面，只要有教育，年纪青的脚色，却也知道列宁，而农妇和老人，则关于布尔塞维克几乎全不明白，单知道他们想要停止战争。至于布尔塞维克从那里来的呢——却连想也没有想起过。是单纯的人们，洞察力不很够的。

村长什喀诺夫，是纳贝斯诺夫加的人。坦波夫加的兵士将他革掉了。现在是不知道甚么行政，那兵士叫作梭夫伦的拜帅。在一回的村会上，他斥骂什喀诺夫道：

“这多嘴混蛋！你对于新政府，在到处放着胡说八道的谣言？”

梭夫伦并不矮小，而且条直的，但还得仰看着什喀诺夫的眼睛，用乌黑的眼光和他捣乱。什喀诺夫要高出一个头。他也并不怯，但能摸捉人们的脾气，轻易是不

① 天堂村之意——译者。

肯和呆子来吵架的：

“摆什么公鸡扑母鸡的势子呀？不过是讲了讲从市镇上听来的话罢了。不过是因为人们谎了我，我就也谎了人。岂不是不过照了买价在出卖么？”

农人们走了过来，将他们围住。有委任状的那人喝茶去了。集会并没有解散。村里的人们，当挨家按户去邀集的时候，是很费力的，但一旦聚集起来，却也不容易走散。一想也不想的。

大家在发种种的质问之间，许多时光过去了。村里的教友理事科乞罗夫，在做什喀诺夫的帮手：

“梭夫伦·阿尔泰木诺维支，不要说这种话了。亚历舍·伊凡诺维支是明白人。不过将市镇上听来的话，照样报告了一下。即使有点弄错……”

梭夫伦并不是讲得明白的脚色，一听到科乞罗夫的静静的，有条有理的话，便气得像烈火一样，并且用震破讲堂的声音，叫了起来。集会是往往开在学校里的。

“同志！市民！纳贝斯诺夫加的东西，都是土豪！唱着小曲，不要相信那些东西的话。现在，对你们讲一句话！作为这集会的议长讲一句话！”

他说着，忽然走向大家正在演说的桌前去。退伍兵们就聚集在他旁边。涨满着贫穷和鲁钝的山村的退伍兵的老婆和破衣服，就都跟在后面。纳贝斯诺夫加的村民，便跟着坦波夫加的商人西乞戈夫，都要向门口拥出去了。

“不要走散！科乞罗夫会来给梭夫伦吃一下的。”迅速地传遍了什喀诺夫的低语。

梭夫伦的暗红色的卷头发，始终在头上飞起，好像神光一般。下巴胡子也是暗红色的，但在那下巴胡子上，不见斤两。眼睛里也没有威严的地方。只有气得发暗的白眼珠，而没有光泽。

“同志们！纳贝斯诺夫加的财主们，使我们在街头迷了路。我们在战场上流血的时候，他们是躲在上帝的庇荫里的。嘴里却说是信仰不许去打仗。现在是，又在想要我们的血了。赞成战争的政府，是要我们的血的。我们的政府，是不要这个的。”

集会里大声回答道：

“不错，坐在上帝的庇荫里，大家在发财！”

“并且，我们这一伙，是去打了仗的！只有义勇队不肯去。”

“我们是不怕下牢监，没有去打仗的！”

“契勃罗乌诃夫刚刚从牢监里回来了哩……”

“讲要紧事，这样的事是谁都知道的！”

“契勃罗乌诃夫是为了他们的事，在下牢监的！然而我们这些人，是失了手，失了脚的呀！这是怎么一回事？这是怎的。名誉在那里？”

“你们也不要到这样的地方去就好了！”

“啐！大肚子装得饱饱的。一味争田夺地！岂但够养家眷呢，还养些下牢监的……”

“什么话！打这些小子们！畜生！”

“住口！议长！”

“言论自由呀……”

“梭夫伦，演说罢！”

“什么演说！这样的事，谁都知道的！”

“无产者出头了！便是你们，只要上劲的做工……”

骚扰厉害起来了。声音粗暴起来了。

梭夫伦挺出了胸脯，大叫道：

“同志们！后来再算账。这样子，连听也听不见！让我顺次讲下去。”

什喀诺夫也镇静了他的一伙：

“住口！住口！让科乞罗夫来扼死这小子。”

大家都静默了。在激昂了的深沉的不平渐渐镇定下去的时候，便开始摇曳出梭夫伦那明了的，浓厚的声音来：

“同志们！那边有着被搜刮的山谷对面的村民。那些人们，现在是我们的同志。我们呢，就是你们的同志！但是纳贝斯诺夫加的农民是财主。无论谁的田地，他们都不管。他们全不过是想将我们再送到堑壕去。他们要达达纳尔斯！他们是这样的东西！他们用了上帝的名，给我们吃苦。用了圣书的句子，给我们吃苦。他们是，还是称道上帝，于自己们便当一些。富翁是容易上天堂的。先在这地上养得肥肥胖胖，于是才死掉……”

什喀诺夫忍不住了。有人在群集里发了尖声大叫着。

“不要冤枉圣书罢！圣书上不是写着穷人能上天堂么……”

梭夫伦摇一摇毛发蓬松的头，于是烈火似的烧起来了。他用了更加响亮，更加粗暴的声音，像要劈开大家的脑壳一般，向群众大叫道：

“圣书上有胡说的。富翁是中上帝的意的。有钱的农民很洒脱，对人客客气气。但是，即使对手在自己面前脱了帽，不是这边也不能狗似的摇尾巴么？在穷人，什么都是重担子。所以在穷人，无论什么时候就总怀着坏心思。这是当然的！富翁和贵族们拉着手，什么都学到了。可是穷人呢，连祈祷的句子，也弄成了坏话的句子。弄得乱七八糟。圣书上写道，勿偷。但因为没有东西吃，去偷是当然的。圣书上写道，勿杀。但去杀是当然的。”

纳贝斯诺夫加的人们唠叨起来了：

“这好极了！那么，就是教去偷，去杀了呀！”

“这真是新教训哩！”

“听那说话，就知道这人的……”

“就是这么一回事，这就是布尔塞维克啊！”

“原来，他们的头领就坐过牢的！”

山村的村民又是山村的村民，在吼着自己们的口吻：

“妈妈的！扼杀他！”

“杀了谁呀？我们这些人杀了谁呀？”

“当然的！打那些畜生们！”

老婆子米忒罗法夫娜觉得这是议论移到信仰上去了，便在山村的群众里发出要破一般的声音道：

“正教的教堂里有圣餐，可是他们有什么呢？”但言语消在骚扰里面了。手动起来了，叫起来了，发出嘘嘘的声音，满是各种的语声了。所有一切，都合流在硬要起来的呻唤声的野蛮的音乐里了。

开初，梭夫伦是用拳头敲着桌子的，但后来就提起了椅子，于是用椅子背敲起桌子来。听众一静下去，就透出了名叫莱捷庚这人的尖锐的叫喊：

“是我们的政府啊！这就够了。他们已经用不着了……”

于是又是群众的呻吟和叫唤。不惯于说话，除了粗野的咆哮和骚扰之外，一无所知的群众。谁也不站在自己的位置上。大家互相作势，摇着拳头威吓，互相冲撞，推排。快要打起来了。

科乞罗夫推开群众，闯到桌子那面去了。他用那强有力的手，架开了谁的沉重的拳头，从梭夫伦那里挖取了椅子，仍旧用这敲起桌子来。纳贝斯诺夫加的人们静下去了。梭夫伦也镇静了自己的一伙。静下去的喊声，在耳朵里嗡嗡的响。于是科乞罗夫的柔和的，恳切的，愉快的低音，便涌出来了：

“兄弟们！野兽里是剩着憎恶的，但在人类，所需要的却是平和和博爱。”

在那柔和的声音里，含着牧师所必具的信念和威严。这使群众平静了。但莱捷庚却唾了一口，用恶骂来回答他。别的人们都没有响。

“愤怒的人的眼睛，是看不见东西的。耳朵，是听不见东西的。为什么会这样的呢？为什么兄弟梭夫伦，会将自己送给了憎恶的呢？我们是，不幸为了我们的信仰，受着旧政府的重罚。因为要救这信仰，所以将这信仰，从俄国搬到这里来了的。是和家眷一起，徒步走到寒冷的异地来了的。为要永久占有计，便买下了田地。然而怎样。兄弟们，你们没有知道这一回事么？全村统统是买了的！然而，我们的田地，是用血洗过的。是啊，是啊！旧政府捉我们去做苦工的时候，你们曾经怜悯过我们。便是我们里面，凡有热心于同胞之爱的人，也没有去打仗。但是，这样的人，自然是不会很多的。我们——做着福音教师的我们，实在也去打仗。我的儿子，就在当兵。我们是，和你们一起，都在背着重担的……”

科乞罗夫是说了真话的。在那恰如涂了神圣的膏油一般的声音里，含着亲密，经过了会场的角角落落，使听众的心柔和了。群众寂然无声，都挤了上去。只有梭夫伦挤出了鸭子一般的声音。还有莱捷庚，用了病的叫喊来抗议：

“圣书匠！生吞圣书的！”

大家向他喝着住口，他便不响了。

科乞罗夫仿佛劝谕似的，坦坦然的在演说，恰如将镇静剂去送给病人一样：

“对于布尔塞维克的教说，我们是并没有反对的。正如圣书上写着勿杀那样，我们不愿意战争。我们应该遵照圣书，将穷人拉起来。然而，人的教说，不是上帝的教说。人的教说，是常常带着我们的罪障的，带着夺取和给与——屈辱和邪念的。为什么夺我们的田地的呢？我们并不是算作赠品，白得了田地的。这样的事情，总得在平和里，在平静里，再来商量才好。正因为我对于布尔塞维克的教说有着兴味，所以在市镇上往来。于是就知道了那主要的先生，乃是凯尔拉·马尔克梭夫[①]原来，他并非俄国人，是用外国的文字，写了自己的教说的。这可就想看凯尔拉·马尔克梭夫真真写了的原本了。俄国的人们，他是可以很容易的劝转的。怎样拿过来，我们就照样的一口吞下去。我们的习惯，是无所谓选择。俄国人是关于教育，关于外国语，都还没有到家。即使毫不疑心，接受外国的东西罢，但列宁添上了些什么，

① Karla Markso v，即改成俄语式的 Karl Marx（马克斯）——译者。

又怎么会知道呢？应该明白外国话，将凯尔拉·马尔克棱夫的教说和俄国的教说，来比较一下子看看的。那时候，这才可以‘世界的普罗列泰利亚呀，团结起来’了！凡是政治那样的事情，总该有一个可做基础的东西。要明白事理，就要时间，要正人君子，要寂静与平和。只有这样子的运用起来，这才能上新轨道。”

当这时候，响起了好像给非常的苦痛所挤出来的莱捷庚的叫一般的声音：

“在巧妙的煽惑哩！这蠢才的圣书匠，同志们，是在想将你们的眼睛领到不知道那里去啊！”

他突然打断了科乞罗夫的演说。没有豫防到，那演说便一下子中止了。

棱夫伦用了忿激的，切实的声音，威压似的叫道：

“够了！真会迷人！我们是不会玩这样的玩艺儿的。同志们，他是咬住着田地的啊！不要一想情愿罢！”

又起了各种声音的叫喊：

“是的！一点不错！骗子！住口！”

“妈妈的！忘了圣书了！”

“给遏菲谟·科乞罗夫发言罢！”

“话是很不错的！”

“后项窝上给他几下罢，他忘掉了说明的方法了！”

“棱夫伦，你说去！替我们讲话，是你的本分啊。”

但莱捷庚跑上演坛去了。忿激的黑眼睛的视线，发着焮冲，颧骨上有分明的斑点的，瘦而且长的他，用拳头敲着陷下的胸膛，发出吹哨一般的声音，沙声说道：

“我这里有九口人！我的孩子虽然小，然而是用自己的牙齿弄平了地面的。可是，那地面在那里呀？我的田地在那里呀？喂，在那里呢？我的兄弟，在战争上给打死了。可是，兄弟的一家里，那里有田地？这兄弟叫安特来，大家都知道，是卖身给了教会了的。科乞罗夫给了他吃的么？给了他田地么？这些事，不是一点也没有么？兄弟是死掉了。科乞罗夫领了那儿子去。安分守己的在做裁缝。给那个科乞罗夫，是虽在他闲逛着的时候，也还是给他赚了不知道多少钱的。他却还在迷人！如果我有运道！……”

他喊完了，咳了一下，吐一大口血痰在一只手里，挥一挥手，于是费力似的从演坛走下去了。

梭夫伦赶紧接着他站上去。他的脸显着苍白，眼睛黑黑的在发光。那眼光这才显出威势来。

“同志们！不能永是说话的！我们不是圣书匠，好，就这么办罢，全村都进布尔塞维克党。另外没有别的事了！喂，米忒罗哈，登记起来！”

群众动摇起来了，于是跳起来了，大家叫起来了。

“这是命令啊！”

“再打上些印子去！反对基督的人们，总是带着印记的。”

“该隐也这样的！”①

“登记，登记！”

梭夫伦发出很大的声音，想使大家不开口：

“全村都到我们这一面来！他们是在想骗我们的！喂，穷的山村的人们，来罢！没有登记的人，是不给田地的啊！”

“一点不错！就像在野地上拔掉恶草一样，不要小市民的，不愿意和小市民在一起的！”

“喂，不是这一面的，都滚出去！”

“米忒罗哈，登记起来！”

十七岁的，笑嘻嘻的，白眉毛的米忒罗哈。便手按着嘴，走向演坛那面去。他的面前立刻摆上了灰色的纸张。

但那司书叫了起来：

“同志，市民！请给我发言。”

当狂风暴雨一般的会议的进行之间，他一向就在窗边，站在人堆里。那地方有几个女教员，牧师和他在。他们在先就互相耳语着什么事，所以没有被卷进这混乱里面去。讲堂的深处还在嚷嚷，但演坛的周围却沉默了。

“市民，这么办，是不行的！这么办，是进不了政

---

① 亚当之子，杀其弟亚伯，上帝因加印记，俾免为世人所杀，见《创世记》的第四章——译者。

党的！”

梭夫伦一把抓住了司书的狭狭的肩头·

“你不登记么？如果不赞成的，说不赞成就是！”

司书的头缩在两肩的中间，因此显得更小了，但明白的回答道：

“不！你们不是连自己也还没有明白要到那一面去么！”

“哦。好罢。说我们不明白？你们的明白人，我们用不着。那么，到财主那一面去罢！”

梭夫伦忽然伸手，从后面抓住他的领头，于是提起脚来，在人堆里将他踢开去。司书的头撞在一个高大的老人的怀中，总算没有跌倒。他将羞愤得牵歪了的苍白的脸，扭向梭夫伦这边，孩子似的叫喊道：

“这凶汉！岂有此理！”

山村的人们扑向他去；但纳贝斯诺夫加的一伙却成了坚固的壁垒，庇护着他。梭夫伦格外提高了声音，想将这制止：

“记着罢！快来登记！不来登记的人们，我们记着的！喂，谁是我们这一面的？”

纳贝斯诺夫加的人们吵嚷了起来。但米忒罗哈已经登记了。

“保惠尔·克鲁觉努意夫的一家登记了哩……”

桌边密集着登记的希望者。科乞罗夫摆一摆手，向门口走去了，纳贝斯诺夫加的人们几乎全跟在他后面，走了出去。剩下的只有五个人。演坛的周围发生了大热闹：

“梭夫伦，梭夫伦，女的另外登记么？还是一起呢？”

“女的是另外一篇账。但现在是女人也有权利了哩！孩子不要登记！”

“什么？那么，孩子就不给地面？——兵士的老婆乌略那，闯向梭夫伦那边去，说。——女人有了怎样的权利了呀？”

人堆里起了笑声。米忒罗哈用了响亮的声音，在演坛上叫喊道：

“是睡在汉子上面的权利啊！喂，登记罢，登记罢！”

头发乱得像反毛麻雀一般的矮小的阿尔泰蒙·培吉诺夫将兵士的老婆推开，说：

“登记了，就不要说废话！”

“不是说要算账么！”

有了元气的梭夫伦，好像骤然大了起来，又复高高兴兴的闪着眼睛了；并且将身子向四面扭过去，在给人们说明：

“虽说女人是母牛，但其实，也是一样的人。所以现在也采取女人的发言了……”

两小时之后，梭夫伦便在自己的寓里，将名册交给了从市镇来的一个演说家。

“这里有一百五十八个人入了党。请将名册交给布尔塞维克去。并且送文件到这里来，证明我们是布尔塞维克党。”

欢喜之余，那人连眼白也快要发闪了。

“怎么会这样顺手的呢？出色得很！来得正好。多谢，同志！一定去说到！不久还要来的。同志，你是在战线上服务的么？”

梭夫伦很高兴，便讲起关于自己的军队生活来，讲了负伤，归休，在军队里知道了布尔塞维克时候的事情等等。他还想永远子子细细的讲下去。但因为那演说家忙着就要出去，梭夫伦便也走出外面了。脚底下是索索作响的雪，好像在诘难这骚扰的地上似的，冰冷的，辽远的，沉默的天，还未入睡的街道的谈话声，断断续续的俗谣，这些东西，都混成一起，来搅乱了梭夫伦的心，并且煽起了胜利和骇怕的新的感情了，恰如带了一小队去打过仗似的。

这时候，阿尔泰蒙·培吉诺夫受了梭夫伦的命令，坐着马车到图书馆，叫起司书来，对他说道：

“快收拾行李罢！就要押上市镇去了。”

“什么，上市镇去？为什么？”

“村会的命令呀。你这样的东西，我们用不着。快快收拾罢。”

“我不高兴去。这太没道理了！”

“不去，就要去叫起梭夫伦来哩。这是命令啊。”

司书唾了一口唾沫，唠叨着，一面就动手捆行李。他的脸气得热了起来。梭夫伦这醉鬼先前只是村里的一个讨人厌的脚色！肯睬理他的，只有一个司书。因为看得他喜欢读书，对于这一点，加以尊重了的，不料这回成了队长，从战线上一回来，便变成完全两样的，说不明白的，坏脾气的东西了！被先前从未沾唇的酒醉得一塌胡涂了，是的，是的！恐怕，实在，俄国是完结了……

他最末一次走进图书馆去，看有无忘却的东西的时候，好像忽然记得起来似的，便说道：

“钥匙交给谁呢？”

“梭天伦说过，送到他那里去。”

“唔，就是。交给他的！那么，走罢。”

这之间，梭夫伦已经到了图书馆的左近，站在由村里雇来的马车的旁边了。司书一走近他去，他便伸出一只捏着拳头的手来。

“哪！”

“这是什么？唔？”

“三卢布票！是我给你的。因为你常常照顾我。从来不使人丢脸。哪，收起来，到了市镇，会有什么用处的。”

司书将梭夫伦的倒生的红眉底下的含羞似的发闪的眼色，柔和的，丰腴的微笑，和这三卢布票子一同收受了。他感于梭夫伦的和善的样子，就发不起那拒绝这好意的心思来。

一天一天的，生活将剩在他里面的过去的遗物，好像算盘珠一样，拨到付出的那一面去了。而且带来了有着难以捕捉的合律性的春和冬的交代，毫不迷路，毫不误期，决定着在人生道上的逐日的他那恐怖和不安，悲哀和欢乐。而且那生气愈加和生存的根柢相接近，则这样的交代的规则，于他也愈加成为不会动摇的东西了。

都会是将生命的液汁赶到头上，扩大人们的智慧，使人们没有顾忌，而增强了那创造力的，但从这样的都会跨出一步去，就没有那命令道“不可太早。也不可太迟，现在就做掉你的工作”的摆得切切实实的时间。在乡村里，泥土在准备怀孕，或者是已在给人果实了。挺着丰饶的肚子的，给太阳晒黑了的，茁壮的农民，在决定着应该在怎样的时刻，来使用他的力气。在这样乡村上——这地方上，是君临着叫作“生活的规定”这一种法则的。而那拼命地吞咽了农民的力气，也还不知餍足的土地的贪婪，也实在很残酷。在这地方，人们的脊梁耸得像山峰一样；血管里流着野兽似的浓厚的血液；肚子是田地一般丰饶。但精神却是贪婪，吝啬的。为了人类的营生活，养子孙，想事物，这些一切的为联结那延长生活的索子起见的大肚子，而搜集地上的果实，加以贮藏的渴望所苦恼。在这地方，人类的创造力也如土地一样，被暗的和旧的东西所挨挤，人们在地母的沉重的压迫之下，连对于自己，也成了随便，成了冷淡了。所以人们就用了恰如心门永不敞开的野兽一般的狡猾，守着那门户，以防苦痛和欢喜的滔滔的拥入。而渴慕着关在强有力的身体里的灵魂的那黑暗的，壮大的人们，则惟在酒里面开拓着自己。然而，快乐的这酒，却惟在土地俨然地喊起“喂！时候到了，创造罢！”来的时候，这才成为像个酒样子的东西。

土地对于印透那卓那罗夫加[①]和坦波夫斯珂·纳贝斯诺夫斯加的农民们，也命令他们准备割草了。人们就喧闹了起来，蠢动了起来，都从那决不想到一家的团圈之乐，而仅仅为了过野兽似的冬眠而设的房屋里，跳到道路上。穿着平时的短裤和短衫的农民们，但是，节日似的，成了活泼的兴致勃勃的群众，集合在纳贝斯诺夫加村的很大的组合的铁厂那里了。

太阳所蒸发的泥土的馥郁的香气，风从野外和家里吹来的粪便的气息，葡萄酒一般汹涌了人们的血，快活酒一般冲击了人们的头。老人的低微的声音变成旺盛，

① 国际村之意——译者。

少年的高亢的声音用了嘹亮的音响，提起了人们的心，银似的和孩子的声音相汇合了。今天的欢喜的酣醉里，有了新鲜的东西，山村的人们，先前是只靠着得到一点从主人反射出来的欢喜之光，借此来敷衍为什么作工的思想的，但今年却也强者似的喧闹起来了。因为铁厂前面，装置着他们的收割机，成着长长的队伍。太阳和欢喜，使阿尔泰蒙·培吉诺夫的脸上的皱纹像光线一般发闪，肮脏的灰色的头发显出银色来。短小的，瘦削的他，今天也因了劳动，将驼背伸直了，所以他的身子，好像见得比平日长一些了。他仿佛勤恳的主人一样，叫道：

“梭夫伦，梭夫伦，在这里，阿尔泰木奴衣支，铁厂有几家呀？”

“十家。”

“机器这就够么？”——他用了山村的方言，像猛烈的雷鸣一样：“这就够么？”

乌黑的蓬松的头缩在肩膀里，莱捷庚将锋棱的筋肉和瘦削的颊窝仰向了太阳，仿佛是在请求温热。欢喜之光，使他苏苏了；并且没有像平时那样吃力，便发出沙声来：

“萨伏式加……那人是我们的一伙。做了事去。叫那人当监督罢。这样子，就大家来做铁匠……”

教友格莱皤夫——今天是太阳没有从他脸上赶走了阴暗——忧郁地回答道：

"做铁匠！……运用机器，是要熟练的。培吉诺夫和莱捷庚，倘不好好的学一通做铁匠，是不成的啊……要不然，无论怎样完全的轮子，也一下子就断的。"

梭夫伦用嘲笑来打断了他的话：

"我们的事，用不着你担心，不要为了别人的疝气来头痛罢，如果断了呢，即使断了，也不过再做一个新的，如果自己不会做，也不过叫你去做就是。再上劲些，格莱皤夫，为了那些没有智识的农民！吸一筒烟罢，真有趣，畅快啊。"

他用不习惯的手，卷起烟草来了。因为印透那卓那罗夫加的农民们，住在教友的邻近，是不大吸烟的。

克理伏希·萨伐式加从铁厂的门口叫喊道：

"梭夫伦，你上市镇去拿了满州尔加[①]来，请一请铁厂的人们罢。那么，就肯好好的做了，这些狗子们在作对，吠着哩。我们会将自己的事情做得停停当当的，你们也赶紧做。还有，说是罗婆格来加[②]，你可知道为什么？就因为会烘热脑壳呀。快去取来罢。合着乐队，赶快赶快。"

---

① 极便宜的利害的烟草之名——译者。

② Lokomotive（机关车）的错误的发音，遂成为俄文的"温额"之意——译者。

“满州尔加是取来在这里。那么，准备乐队罢，赶紧就去。农民什么话都听，只要学起来，就好了。要是打仗，可比不得音乐呀。怎样，什喀诺夫，亚历舍·伊凡诺维支，今天不是老实得很么，村子里都在高兴，他却一声不响，瘟掉了么？”

“哈哈哈哈！”

“呵呵呵……”

“瘟掉了哩！那么竭力藏下了机器，这回却给梭夫伦来用了。”

“雇罢，怎样，兄弟，雇什喀诺夫来做事罢，怎样？”

什喀诺夫吐一口唾沫，带黄的眼白发闪了，但是镇静地回答道：

“要是没有我们，不是什么地方也弄不到机器么？我们是并不想躲开工作的。怎样，梭夫伦，可肯将我们编进康谟那[1]去呢？”

“先前好不威风，这回可不行了。”

莱捷庚喊了起来：

“康谟那的小子们总说机器机器。有谁去取呢，却单是赶掉。”

“还是没有他们好。枯草就叫他们买我们这边的。”

---

① 共产农地——译者。

“不要给加入呀。”

“不给加入怎么样呢？给加入罢。他们有马呢。”

梭夫伦遇到争论了：

“叫他们像我们一样的来做罢。给加入。要紧的是马。”

“一点不错……”

阿尔泰蒙·培吉诺夫质问道：

“枯草怎么办呢，照人数来分么？照人数？”

“唔，到学校去，加入康谟那去罢！”

“连梦里也没有见过的事，可成了真的哩，康谟那！唔，唔！……且慢，怎么一回事，这就会知道的。”

人们拥到学校方面去了。铁厂里开始了激烈的工作的音乐。莱捷庚留在机器的旁边，因为觉得会被拿走，非用靠得住的眼睛来管不可的。村子里滚着各种人的亢奋了的声音。屋子里是农妇们用了尖利的声音，在互相吆吆喝喝：

“康谟那里，放进那样的东西去，还不如放进我这里的猪猡去，倒好得多哩！还是猪猡会做事呀。我去笑去。你……”

“笑去么！好，走罢。你可知道，听说凯赛典加·马理加也有了姘头了哩。四五年前，是没有一个肯来做对手的。到底也找着对手了。”

铁厂后门的草地上，孩子们在喧闹：

“什喀诺夫那里的机器，成了我们的了！”

“倒说得好听！你们的。那么，我们的呢？”

“也就是你们的呀！”

“但什喀诺夫的呢？”

“‘起来罢，带着咒诅……用自己的手’……”

“唉唉，你这死在霍乱病里的！七年总说着这句话。回家去罢，趁没有打。这不可以随便胡说的。”

“伯母，你不要这么吼呀！”

先前的时代，是早已过去了。

弥漫着焦急的，暖热的，郊野的香气的一日，是很快乐的。一天早上，康谟那的代表者要划分草地去了。村里的男男女女，便成了喧嚷的热闹的群集，来送他们。

拿着木尺，骑在马上的人们，排成了一列。

“喂，技师们，好好的量啊。”

“不要担心罢。这尺是旧的呢。”

走在前面的骑者扬起叫声来，后面的人们便给这以应和。这是自愿去做康谟那的代表的农民和孩子们，是为了旷野的雄劲的欢喜，和农民一同请求前去的志愿者。栗壳色毛和棕黄色毛的马展开了骏足，于是成为热闹的一队，向旷野跑去了。

满生着各种野草的旷野正显得明媚。雪白的花茅在鞠躬。白的，红的，淡黄的无数眼睛——花朵，在流盼，在显示自己的饶富。禽鸟的歌啭，蟋蟀的啸吟，甲虫的鼓翼，在大气里，都响满着旷野的声音。旷野是虽在冬季，也并没有死掉了的。于是一切东西，便都甘甜地散着气息。花草无不芬芳，连俄罗斯的苍穹，也好像由太阳发着香气。风运来了烟霭。苦草的那苦蓬，也都已开花，送着甜香，锋利地，至于令人觉得痛楚地。旷野全都爽朗，只要一呼，仿佛就会答应似的。啊，啊，啊，啊，唉，唉，唉，唉，远处的微微的轰响……哦，旷野传着人声。哦，野兽呀，禽鸟呀，甲虫呀，来听人声罢！唉，唉，唉……为了叫喊，胸膛就自然扩大起来了。

大家都跳下马。拿了木尺，踏踏的走上去。

“慢慢的，慢慢的罢！……为什么这样踏踏的尽走的呀？慢慢的！……”

“‘踏踏的尽走’么？有这样的脚，就用这脚在走罢咧！”

“唔，唔，唔！不，兄弟，朦混的时代，是早已过去了。要从这里开手的。”

于是旷野反响道，“唉，唉，唉……”孩子们放轻了脚步，从这一草丛到那一草丛里，在搜寻着鹌鹑。凡尼加·梭夫罗诺夫在草莽里，将所有的学问都失掉了；他跳过了盘旋舞之后，又用涌出一般的声音唱起歌来：

这个这鹌鹑，

这鹌鹑，

鹌呀呀鹑！……

“阿尔泰蒙伯伯，捉到鹌鹑没有呀？”

阿尔泰蒙正在想显显本领；他向草丛里看来看去，忽然捉住了……没有鹌鹑，却捉了一条蛇。他拼命的一挥手，抛掉了。

“阿呀！讨厌的畜生，跑出了这样的东西来！”

格莱皤夫喷出似的笑了起来；他在旷野上，也成了开阔的快活的心情了。

“这样子，阿尔泰蒙，能量别人的田地的么？捉不到鸟，倒捉了蛇！”

凡尼加摆出吵架模样，替阿尔泰蒙向格莱皤夫大叱道：

“放屁，蛇就还给你们。随便你用什么，你们不正是蛇的亲戚么？”

格莱皤夫提高了喉咙，沉痛地，也颇利害地回骂了，但不过如此，并没有很说坏话。在整一天里，草原几乎被农民的痛烈的言语震聋了。倘若单是讲些知道的事情，懂得的事情，那在他们也自有其十分鲜明的言语的。他们的言语，是充满着形容，恰如旷野的充满着花卉一样。

仍像往常那样，一过彼得节，便开始去收割。今年没有照旧例，早一星期，就到野外去了。老人们都吆喝道：

“这是破了老例的呀！立规则未必只为了装面子，况且地不是还没有干么？”

“不要紧的，有血气旺盛的我们跟着呢。就叫它干起来！”

最先，是机器开出去了。接着这，那载着女人，孩子，桶，衣服，锅子，碗盏的车子也开出去了。大家一到野外，旷野便以各种的声音喧嚷起来。旷野的这里那里，就有包着红和黄的，白和红的，各样颜色的手巾的女人的头，出没起来了。

阿尔泰蒙的康谟那，是从丛林的处所开头的。那丛林，是茂密的小小的丛林，在旷野的远方，恰如摆在食桌上面的小小的花束一样。大家的车子到了那处所，一看，那是爽朗的绿荫之下，涌着冷冷的清水的可爱的丛林。

主妇们便在聚集处勤勉地开始了工作。孩子们哭了起来。男人们使机器在草地上活动。山村的台明·可罗梭夫坐着机关车出去了；他的样子，好像孩子时候，初坐火车那时似的，战战兢兢的颇高兴。

于是在聚集处，就只剩了留着煮粥的达利亚·梭夫罗诺伐一个人。旷野上面，凡是望得见的很远很远的处所，无不在动弹。凡尼加·梭夫罗诺夫在计算。

“我们的康谟那是八家，男人加上孩子一共十三个，女人十七个。班台莱夫的康谟那是十家……唔，野外的人手尽够了……”

“凡尼加！凡尼！站着干什么，来呀！”

“来……啰！”

“怎样！班台莱，你来得及么？”

“来得及的！……总之，平铺的集在一块罢……”

兵士的老婆阿克西涅用了透胸而出一般的声音叫喊道：

“嗱，草叶钻进头巾里去了。”

汗湿的小衫粘住了身体。血气将脸面染得通红。鼻孔吸乏了草的馥郁的死气息。

肩膀渐渐的沉重，发胀了。但无论那一个康谟那，都没有宣言休息，因为个个拉着自己的重负，谁也想不弱于别人。终于阿尔泰蒙用了大声，问自己的一伙可要休息了。别的野地上，机器也开始了沉默。

“妈妈，赶快呀。吃东西去罢！”

“好，去罢！已经叫了三遍了！”

喝了！倘不首先喝些凉水，添上元气啊。凉气是使嘴唇爽快的。用清水洗一通脸，拍拍地泼着水珠，喝过凉水，高兴着自己的舒服，于是一面打着呃逆，一面也如作工一样，快捷地从公共的锅子里吃着达利亚所煮的杂碎，喝着乡下的酸汤。

午膳以后的旷野，是寂静的。康谟那上，大家都在躺着睡午觉。睡得很熟，不怕那要晒开头一般的暑热的太阳光。因为是身体要睡的时候，去睡的觉，所以就没有害怕的东西了。然而从草莽中，听到男子的大鼾声和女人的小鼾声也只是暂时的事。康谟那起来了。于是骚音和瑟索声和劳动的喧嚣又开始了。格莱皤夫穿了旧的工作服，和大家的劳动合着调子，轻快地在做事。事务临头的时候，他就忘却了野外的主子，并不止自己一个人。到夜里，这才想起来了。于是虽然做工已经做得很疲劳，也还总是睡不着。他翻一个身，就呻吟一通了好几回。

从丛林里，漏出些姑娘们的笑语声，手风琴声，青年们的雄壮的歌声来。知趣的夜的帷幕一垂到地面上，青年们便从聚集处跑到远远的处所去了。于是许多嬉笑声的盘旋，就摇动了夜的帷幕。从莽里面，好几对青年的男女，在互相热烈地拥抱，互相生痛地接吻，并且互相爱恋。但黎明的凉气一荡漾，从聚集处驱逐了睡眠的困倦，老的起来了，年青的却也并不迟延。

都去作工去了，并且给那为高谈和曲子的沉醉所温暖了的过去之夜祝福。在康谟那上，当劳动之际，是不很有吵架的。

有一回，梭夫伦闹了一个大岔子。他坐在枯草上，于是机关车破掉了。

“喂，儿郎们，到铁厂去呀！”

“你多么识趣呀，康谟那是点人数分配的呢。”

“但是，没有机器的我们，康谟那又怎么办呢？”

“用钩刀来割就是了！”

“如果能‘用钩刀’来割的话，割起来试试罢。”

不高兴了，但也就觉得了萨伏式加的话并不错。

执行委员会也就有了命令，许打铁的人们免去割草，但仍将枯草按人数分给他们。新的机会，每天教育着人们，逐渐决定了秩序。而梭夫伦和他的交情，也日见其确实了。

有时也觉得节日的有趣，然而并不来举行。大家都拒绝这事情，只在为自己劳动。一到开手搬运枯草的时候，这就发生了纠纷。格莱皤夫用自己的马搬运了好几回，但阿尔泰蒙的马却疲乏之极了。他搔着后脑，仰望了起雾的天空，叹息道：

“你在干吗？马在玩把戏哩！穷人真是到处都倒运！”

凡尼加对梭夫伦说：

“我们好容易聚集了枯草，后来也许要糟糕的哩。天一下雨，就会腐烂，但背着来搬运却又不行。”

“并不拜托你！知道的，我来办，你看着就是。”

新的命令，将财主们的遮掩着的忿懑戳穿了。当发布了在康谟那里，马匹也是公有，枯草是挨次运到各家去的这命令的时候，县里就永是闹了个不完。

梭夫伦走到大门的扶梯边，说道：

“你们还想照老样子么？你们要自己一点不动，大家来给你们做工么？不，那样的时代，已经过去了。鞭子是在我们的手里了！”

他于是将脸向着那从别处到来了红军的方面动了一下。马匹交出来了。只有坦波夫加的豪农班克拉陀夫，坏了两匹马，是生了病了。兵士的老婆阿克西涅来声明了这事。马医请来了。并且从班克拉陀夫的家里，没收了枯草。别的人们也很出力。从别的野地上，运了好几捆高山一般的枯草，到自己的康谟那这边来。但是，顶年青的人们做事做得最好。在监视那些干坏事的脚色。给太阳晒黑了的凡尼加和梭夫伦，则在自己的康谟那上监督着搬运的次序。

“喂，喂，格莱皤夫，不要模胡呀，这回是轮到这边了。拉到那里去呀？”

“你不说也知道的。这混蛋！”

“现在是要想一想的了，带点贪心，就都要给革命裁判所捉去的。捞得太多的小子，就要拉去的啊。”

“这畜生，当心罢。这就要吃苦的！近来竟非常狡猾，胆子也大起来了。”

“胆子怎能不大呢。不是成了俄罗斯联邦社会主义共和国了么？懂了罢！”

格莱皤夫真想拿出拳头来了，但不过呸的吐了一口唾沫完事。然而在心里是很愤激的。年青的人们，有锋利的言语。在他们那甘美的俄国话里，外国话就恰如胡椒一般的东西。

从早到晚，载满了枯草的车子总在轧轧的走动。马匹摆着头，放开合适的脚步，将车子拉向山村的各家去。多年渴望着草堆的堆草场，这回是塞得满满的了。财主们并不欢迎那枯草，只将对于割草的新怨恨，挂在自己的心头。但莱捷庚的老婆却很高兴，摩着牛，说道：

“今天辛苦了，牛儿，不要动罢，不要动罢，多给你草儿吃……”

莱捷庚是在割草的中途，便躺在床上，弱透了的。对于康谟那，不很能做什么事。虽是暑热的夏天，在野外也发抖，而且想要温暖。但他一家应得的枯草，却也算在计算里面了。阿尔泰蒙·培吉诺夫有一次来看他，凝视了一通，于是沉思着，说道：

“精神很好，也许不会死的。如果要死，还是到了春天死。很不愿意死罢。可是也很难料的，会怎么样呢。”

老婆已经痛哭过两回了，后来就谈到最后的家计：

“你把皮包忘在市镇上了，教安敦式加取去罢。因为孩子也用得着的。”

然而莱捷庚并不像要死，虽然发着沙声，却在将死亡赶开去。有一回，凡尼加带了先前的司书亚历舍·彼得洛维支来了。他现在在食粮委员会里办事，是和巡视人员一同来调查的。亚历舍·彼得洛维支很同情于莱捷庚，但是忍不住了，便说：

“不是这样吃苦，也没有人来医治一下么！为什么杀掉医生的呢？时势真是胡闹。简直是野蛮的行为呀。”

莱捷庚只动着眼睛，发出沙声说：

“但愿一下子弄死我就好……”

于是凡尼加用了直捷的孩子似的声音，说道：

“说是胡闹的人也有，说是正义的人也有。要是照先前那样，恐怕还要糟罢。没有智识——没有智识是不好的。”

亚历舍·彼得洛维支目不转睛的对他看，于是沉默了。

傍晚，凡尼加在家里，突然对父亲说：

“冬天，市镇上有人到这里来，可还记得么？那人说的真好，说是倘不去掉乡村，是不行的，乡村倘不变成有机器的市镇，是不行的。说是如果割草，全村大家都用一种叫作什么的机器的。”

梭夫伦党康谟那的运进枯草的事，给全村添上了力量。纳贝斯诺夫加的两个豪农叫作贝列古陀夫·安敦和罗忒细辛·保惠尔的，提出请愿书来了。——

印透那卓那罗伏村，旧名坦波夫斯珂·纳贝斯诺夫加村布尔塞维克党公鉴

同县印透那卓那罗伏村公民
安敦·贝列古陀夫
保惠尔·罗忒细辛

请愿书

民等，即署名于左之安敦·蜜哈罗夫·贝列古陀夫及保惠尔·马克西摩夫·罗忒细辛等，谨呈报先曾置有田地，安敦·贝列古陀夫计百五十兑削庚[1]，保惠尔·罗忒细辛计百五十兑削庚。但民等深悉布尔塞维克党之所为，最为正当，故敢请求加入，愿于反对旧帝制一端，与贫农取同一之道，共同进行。谨呈。

安敦·贝列古陀夫
保惠尔·罗忒细辛

梭夫伦在会场上报告了这件事。集会决定了允许他

① 一兑削庚约中国三千五百尺——译者。

们入党，并且因为两人是豪农，所以仍须征取田地的租钱。安敦·贝列古陀夫还应该将小麦二百普特[①]，保惠尔·罗忒细辛是一百普特，纳给印透那卓那罗伏村的布尔塞维克党。两人允诺了这事，一星期后，便将那小麦交付了。

县里的骚扰，好容易静下去了。纳贝斯诺夫加的人们，知道了哥隆克人又在用秘密的方法，准备着袭击布尔塞维克。便将这事通知了坦波夫加的财主们。格莱皤夫就到哥萨克村的市上去了。

因为伊理亚节日，全村都醉得熟睡着。十个武装了的人们，在昏黑的夜半，严紧地围住了梭夫伦的屋子。梭夫伦竟偶然正在屋外面。听索索的声音。

"在那边的是谁呀?"

但不及叫喊，嘴里就被塞上了麻桃，捆了起来。只有女人们大声嚷闹。然而坦波夫加和纳贝斯诺夫加的豪农们，已经借了哥萨克的帮助，将这几月来渐渐没了力量的土地的守备队解决了。布尔塞维克的首领们都遭捕缚，别人是吃了豪农们的复仇。当东方将白未白之间，被捕的人们便被拉到村外去受刑罚。醒了的白日，用和蔼的早上的微风，来迎人们的扰嚷。被缚的人们的头发在颤动。最末的一日，是又瘦又黄的什喀诺夫来用刑的。

---

① 四十磅为一普特——译者。

"怎样，梭夫伦·阿尔泰木奴衣支，康谟那怎样了。没收机器么。这是机关车的罚啊！"

他吐一口唾沫在缚着的梭夫伦的脸上，向右眼下，挥去了坚硬的拳头。拳头来得不准，打着了眼睛，眼白里便渗出了鲜血。梭夫伦跳起来了，呻吟起来了。大野上响亮地反响着叫唤的声音。

什喀诺夫打倒了梭夫伦，又用那沉重的长靴，跳在他肚子上：

"毁了我的家啊，这就是罚呀！将我家弄得那么样子，这就是回敬啊，收这回敬罢！"

梭夫伦被用冷水洒醒了，于是又遭着殴打。大家使那些被毒打，被虐待的人们站起来，命令道：

"唱你们的国际歌来看看罢！"

二十九人之中，只有十个人，好像唱自己的挽歌一样，胡乱唱了起来：

"起来罢，带着咒诅……"

但只到这里，就又被打倒了。还有些活的梭夫伦，在地上辗转着，吼道：

"畜生！住口！……"

安敦·贝列古陀夫在脊梁上吃了二百下。

什喀诺夫沙声叫喊道：

"瞧罢，同你算账，交了多少普特呀？"

保惠尔·罗忒细辛也挨了一百鞭。

半死半活的莱捷庚，被从人堆里拖出来了。于是被用长靴踏得不成样子。当二十九人被摔在污秽的，怕人的洞穴里面的时候，暑热的太阳已经升了起来。还有些活的八个人，在死尸下面蠕动。都给泥土盖上了。

阿尔泰蒙·培吉诺夫是到了正午，被一个赭色头发的哥萨克在稻丛里发见的。哥萨克将他拖了出来。他摇一摇白头发，好像要摇掉上面的麦叶片似的。于是很镇静地问道：

“没有饶放莱捷庚罢?”

“管你自己罢！这回是要你的命。这老坏蛋!”

“请便请便。原想为了孙子，在这世上再活几时的，但也不必。这样也好罢。”

他于是向着东方，划了个诚恳的十字：

“主啊，父啊，接受布尔塞维克的阿尔泰蒙的灵魂罢。”

他被痛打了一顿。后来便将还是活着的他，拖进快要满了的污秽的洞里去。

正要掉下去时，便用了断断续续的声音，阿尔泰蒙说：

“这里，流血了……用骨头来做肥料了……”

哥萨克用那枪托，给了他最后的一击。达利亚·梭夫罗诺伐的肚子被人剖开，胎儿是抛给猪群了。布尔塞维克连家眷也被杀掉。将十五个人塞在什喀诺夫的地窖中。旧的村子的吓人的脸，在怒目而视了……纳贝斯诺夫加的豫言者伊凡·卢妥辛，总算逃了性命。他在野外……从野外一回来，就吃了刀鞘的殴打，这就完事了。他一面扣着裤上的扣子，一面用了沉著的声音说道：

“从此田地要肥哩。因为下了布尔塞维克的肥料啊。”

运命掩护了凡尼加·梭夫罗诺夫。凡尼加在伊理亚节日之前，就上市镇去了。

铁的静寂

N·略悉珂　作

一

挂着成了蛛网一般的红旗的竿子，突出在工厂的烟通的乌黑的王冠里。那是春天时候，庆祝之日，为快乐的喊声和歌声所欢送，挂了起来的。这成为小小的血块，在苍穹中飘扬。从平野，树林，小小的村庄，烟霭中的小市街，都望得见。风将它撕破了，撕得粉碎了，并且将那碎片，运到为如死的斜坡所截断的广漠里去了。

乌鸦用竿子来磨嘴。哑哑地叫，悠然俯视着竖坑。十多年来，从这里飞去了烟色的鸟群，高高地，远远地。

工厂的玻璃屋顶上，到处是窟窿。成着圈子，屹然不动的皮带，从昏暗里凝眺着天空。发动机在打磕睡。雨丝雪片，损伤了因皮带的疾驱和拥抱而成银色的滑车轴。支材是来支干了的侧板了。电气起重机的有关节的手，折断着，无力地从接合板下垂。蚂蝗绊，尖脚规，革绊，螺丝转子，像散乱的骸骨一样，在巨灵的宝座似的刨削机的床上，淡白地发闪。

兜着雪花的蛛网，在旋盘的吉达装置里颤动。削过了的铁条和挺子的凿的齿痕上，停滞的痂来蒙上了薄皮。沿着灿烂的螺旋的截口，铁舌伸出来将油舐尽，为了红锈的毒，使它缩做一团了。

从南边的墙壁上，古色苍然地，有铭——“至少请挂挂窗帘，气闷”，贫寒地露着脸。墙壁还像先前一样。外面呢，已经受了枪弹和炸弹的伤。在这里面，可又曾爆发了多少信仰，哀愁，苦恼，欢喜，愤怒啊！

唉唉，石头呀！……还记得么？……

就这样，那全时代，在房角的莱伏里跛机和美利坚机的运转中，一面被皮带的呼啸和弹镄的咂舌和两齿车的对咬的音响，震得耳聋，一面悄悄地翻下小册子的页子去。他们是由了肌肉的温暖，来感觉那冰冷的车轮和杠杆的哀愁的罢？袭来的暴风雨，像农夫的播种一样，将他们撒散在地球面上了。尘封的刨削机的床，好几回做了他们的演坛。白地上写着金字的“万岁”的旗，挂在支木上，正如挂在大门口似的……

二

铁锅制造厂的附近，锅子当着风，在呜呜地呻吟。被光线所撕碎了的黑暗，向了破窗棂的窟窿张着大口。

压榨机之间，嘶嘶地在发呼哨声。锈了的地板上，撒散着尖角光块。从窗际的积雪里，露出三脚台，箱子，弯曲的铁条来。手按的风箱，隐约可以看见。

在屋隅的墙壁上，在皮带好像带了褐色的通红的巨浪的轮子下，斑点已经变黑了。这——是血。一个铁匠，防寒手套给蚂蝗绊钩住了，带了上去，挂在巨浪之上，恰像处了磔刑。在水压机的螺旋的锐利的截口之处，蹬着两脚，直到发动机停住。血和肉就纷飞到墙壁上，地板上，以及压摇机上去。黄昏时候，将他从铁的十字架上放了下来。十字架和福音书，在应急而速成的桌子上晃耀。锅子的空虚里，欷歔似的抖着安息的赞歌。于是沉没于比户的工厂的喧嚣中了。蜡烛在染了铁的手里颤动。

……白发的米尔列基亚的圣尼古拉，从关了的铁厂的壁上，通过了严寒的珠贝的藻饰，在看铁锅制造厂。

每年五月九日罢工以后。铁厂的墙壁，为枫树，白桦，白杨的枝条所装饰，地板上满铺起开着小红花的苜蓿来。唱歌队唱歌了，受过毒打的脊梁弯曲了。从喷水帚飞迸而出的水晶的翅子，洗净了这他们和铁砧，锅炉，汽锤，风箱。

因了妇女和孩子们的声音，微笑和新衣服，热闹得像佳节一样。铁匠们领了妻，未婚妻，孩子们在工厂里走。给他们看风箱和铁砧。

祈祷一完，活泼的杂色的流，从厂门接着流向小市街去。中途分为几团，走过平野，漂往树林那面，崖谷中间。而且在那里施了各各的供养。广漠的四周，反响了嘹亮的震天的声音：“起来呀，起来呀。”……

三

院子里面，在雪下看见锈了的铁网和未曾在蒸气之下发过抖的汽罐，黄黄地成着连山，一道排到铁厂的入口。

发电所——熟睡了似的，孤独的，和别处隔绝的工厂的中心——被雪所压倒，正在发喘。号笛——曾经为了作工和争斗，召集人们，而且为了苦痛，发出悲鸣的声音，已经没有，——被人除去，不知道那里去了。

门栏拆掉了。垂木和三脚台做了柴，堆在事务所的门口。它们被折断，截短，成了骨头，在看狂舞的火焰。而且等着——自己的运命。

看守们在打磕睡。火炉里面，毕毕剥剥发着爆音，还听到外面有被风所吹弯了的哑哑的乌鸦叫，事务所的冻了的窗，突出于积雪的院子中，在说昏话。这在先前，是为了汽锤的震动，为了旋转于它上面的声音，反响，杂音，呼啸，无时无刻不发抖的。有时候，铁忽然沉默了。从各工厂里，迸散了奔流一般的语声和叫唤，院子里面，翩翻了满是斑点的蓝色的工作衣，变了样子的脸，手。电铃猛烈地响，门开开了，哥萨克兵进来了。几中队的兵，闪着枪刺，走了过去。号令响朗，挥鞭有声。从各工厂里，密云似的飞出铁闩，蚂蝗绊，铁片来。马往后退了。并且惊嘶了。而一千的声音的合唱，则将屋顶震动了。

四

工厂的正对面，露店还照旧地摆着。在那背后，排着一行矮小的屋子。工人们已经走出这里，在市街上租了房屋了。留在这里的，只是些老人，寡妇，残废者，和以为与其富足，不如穷苦的人们。他们用小橇从林子里运了柴来。设法苦苦地过活。坚忍地不将走过的农人们的对于哑一般的工厂的嘲笑，放在心中，然而看见他们弯向工厂那边，到看守人这里，用麦和肉，去换那些露在窗口的铁和锡的碎片，却也皱起眉来了。

青苍的傍晚，看守们的女人用小橇将晚膳运到工厂里。但回去时，是将从农夫换来的东西，和劈得细细的木材和垂木的碎片，载着搬走了。从她们的背后，小屋那边就给一顿毒骂。

……夜里，雪的表皮吸取了黄昏的淡黄的烟霭。从小小的市街和小小的人家里，有影子悄悄地走向工厂来了。一个一个，或者成了群，拆木栅，哨屋，遮阳，抽电线。看守人大声吆喝，开枪。影子变淡，不见了，然而等着。看守人走来走去。后来力气用完了，回到温暖的屋子去。

工厂望着撒满金沙的天空，在呻吟，叹息。从它这里拆了下来的骨头，拖到街上，锵锵的响着。

风将雪吹进日见其大的木栅的破洞去，经过了除下的打破的玻璃。送到各个工厂里，这便成了铁的俘虏，随即碎为齑粉，哭着哭着，一直到死亡。

就这样，每天每天……荒废和看守和影子，将工厂剥削了去。

五

有时候，从小小的市街驶来了插着红旗的摩托车。一转眼间，大起来了。咆哮着驶过了矮小的房屋的旁边，在工厂口停住。隐现着头巾，外套，熟皮短袄。看守们怯怯地在奔走。到来的人们顺着踏硬了的小路，往工厂去了。脚步声在冻了的铁的屋子里分明发声，反响。到来的人们侧耳听着那将音响化石的沉默。叹息之后，走出门外。出神地望着逼近工厂的平原。听听看守们关于失窃的陈述，将什么记在小本子上。到事务所里取暖，于是回去了。

看守们目送着带了翻风的血块的小了下去的摩托车。于是使着眼色，说道：

——怪人儿啊。真是……

——哼……

六

每星期一回，压着工厂的寂静，因咆哮的声音而发抖，吓得迸散了。各个工厂，都奏着猛烈的颤动的歌声。戢翼在工厂的王冠上的乌鸦吃了惊，叫着飞去了。

看守们受了铁的叫唤，连忙跑往铸铁厂。只见身穿短短的工作服，脚登蒙皮的毡靴的汉子，挥着铁锤，竭力在打旧的锅子。

——镗！……镗！……

这是先前的锻工斯觉波。人说他是呆的，然而那是谎话。他用了谜似的一只眼，看看走了近来的看守们，放下铁锤，冷嘲地问道：

——吃了惊了？

“好了，斯觉波……学捣乱……那里是我们的不好呢？”

“学捣乱……”斯觉波学着看守们的话。“你们静静地剥削工厂……倒能干啰。”于是笑着。

看守们扑向锤子去。冲上前去，想抢下锤子来。他挥着铁锤来防御，藏在压榨机的后面，藏在锅子的后面。接着蓬的一声——跳出窗外了。

并且在外面骂起来——

“连将我的锤子都在想卖掉罢？……阿啊，啊，啊……贼！”

铁锅快活地一齐复述他的叫喊——于是寂然了。但不久，铁在打铁厂的背后，铁锤之下绝叫起来。音响相交错，和风一同飞腾，在平野上反响。

矮小的人家的门口，现出人们来。摇着头，而且感动了——

“斯觉波加又在打哩……”

“看哪，他……”

“真好像开了工似的……”

然而斯觉波的力衰惫了。铁锤从手中滑落。工厂就更加寂静起来。斯觉波藏好铁锤，脸上浮着幸福的微笑，沿了偷儿们所踏实了的小路，从工厂里走出。

他在路上站住，侧着头，倾耳静听……沉默压住着机器，工作台，锅子。斯觉波叹一口气。耸耸肩。走着，唠叨着——

“就是做着看守……真是，这时候……偷得多么凶呀……”

从他背后，在铸铁器的如刺的烟所熏蒸的壁上，爬尬了哑的铁的哀愁。他觉得这很接近。昂着头，热烈地跳进事务所里去。向看守们吆喝，吓唬。于是又忧郁地向市街走，在苏维埃的大门口跺着脚，对大家恳求，托大家再开了工厂。被宽慰，被勉励，回到自己的家里来。

梦中伸出了张着青筋的两只手，挣扎着，并且大叫道——

“喂，喂！……拿镕器！……烧透了！打呀，打呀！……”

我 要 活

A・聂维洛夫　作

我们在一个大草原上的小村子里扎了营。我坐在人家前面的长椅子上，抚摩着一匹毛毵毵的大狗。这狗是遍身乱毛，很讨人厌的，然而它背上的长毛收藏着太阳的暖气，弯向它坐着，使我觉得舒服。间或有一点水滴，落在我的肩膀上。后园里鹅儿激烈的叫着。鸡也在叫，其间夹着低声的啼唱。窗前架着大炮，远远的伸长了钢的冰冷的颈子。汗湿淋淋的马匹，解了索，卸了鞍，在吃草。一条快要干涸了的小河，急急忙忙的在奔流。

我坐着，将我那朦胧的头交给了四月的太阳，凝眺着蓝云的裂片，在冰消雪化了的乌黑的地面上浮动。我的耳朵是没有给炮声震聋了的。我听见鹅儿的激烈的叫，鸡的高兴的叫。有时静稳地，谨慎地，落下无声的水滴来……

这是我的战斗的春天。

也许是最末后罢……我在倾听那迎着年青的四月的春天而来的喧嚣，叫喊——！我的心很感奋了。

在家里是我的女人和两个小孩子。一间小房在楼屋的最底下，提尖了的耳朵，凝神注意地静听着晚归的，夜里的脚步声。人在那里等候我，人在那里也许久已将我埋掉了。当我凝视着对面的小河，凝视着炮架跟前跳来跳去的雀子的时候，我看见脸上青白少血的我的儿子绥柳沙，看见金黄色的辫发带着亮蓝带子的三岁的纽式加。他们坐在窗沿上，大家紧紧的靠起来，在从呵湿了的窗玻璃往外望。他们在从过往行人中找寻我，等我回来，将他们抱在膝髁上。这两个模糊的小脸，将为父的苦楚，填满了我的心了……

我从衣袋里掏出一封旧的，看烂了的信来。我的女人安慰我道：

"这在我是很为难的，但我没有哭……你也好好的干罢！……"

然而，当我离家的时候，她却说：

"你为什么要自去投军呢？莫非你活得烦厌了么？"

我怕听随口乱说的话语。我怕我的女人不懂得我是怎样的爱人生。

眼泪顺着她的两颊滚下来。她说明了她的苦痛，她的爱和她的忧愁，然而我的腿并没有发抖。这回是我的女人勉励我道：

“竭力的干去！不要为我们发愁！……我是熬得起的，什么都不要紧……”

还有一封绥柳沙的信。他还不知道写字母，只在纸上涂些线，杆，圈，块，又有一丛小树，伸开着枝条，却没有叶子。中间有他母亲的一句注脚道：

“随你自己去解释……”

我是懂得绥柳沙的标记的。

我第一回看这封信，是正值进军，要去袭击的时候，而那些杆子和圆块，便用了明亮的，鼓励的眼睛凝视着我。我偷偷的接了它一个吻，免得给伙伴们看见了笑起来，并且摸摸我的枪，说道：

“上去，父亲！上去！……”

而且到现在我也还是这样想。

我的去死，并非为了无聊，或者因为年老；也不是因为我对于生活觉得烦厌了。不是的。我要活！……清新的无际的远境，平静的曙光和夕照，白鹤的高翔，洼地上的小溪的幽咽，一切都使我感奋起来……我满怀着爱，用了我的眼光，去把握每一朵小云，每一丛小树，而我却去死……我去捏住了死，并且静静的迎上去。它飞来了，和震破春融的大地的沉重的炮弹在一起，和青烟闪闪，密集不断的枪弹在一起。我看见它包在黄昏中，埋伏在每个小树丛后面，每个小冈子后面，然而我去，并不迟疑。

我去死，就因为我要活……

我不能更简单地，用别的话来说明，然而周围是凶相的死，我并不觉得前来抓我的冷手。孩子的眼睛也留不住我。它起先是没有哭肿的。它还以天真的高兴，在含笑，于是给了我一个想像，这明朗的含笑的眼睛总有一回要阴郁起来，恰如我的眼睛，事情是过去得长远了，当我还是孩子时候一样……我不知道我的眼睛哭出过多少眼泪，谁的手拉着我的长发……我只还知道一件事：我的眼睛是老了，满是忧苦了……它已经不能笑，不再燃着天真的高兴的光焰，看不见现在和我这么相近的太阳……

当我生下来的时候，是在一所别人的，“幸福者”所有的又大又宽的房屋里。我和我的母亲住的是一点潮湿的地下室的角落。我的母亲是洗衣服的。我的眼睛一会辨别东西，首先看见的就是稀湿的裤子和小衫挂在绳索上。太阳我见得很少。我没有见过我的父亲。他是个什么人呢？也许是住在地下室里的鞋匠。也许是每夜在圣像面前点灯的，商界中的静默而敬神的老人。或者是一个酗酒的官吏！

我的母亲生病了。

兵丁，脚夫，破小衫的货车夫，流氓和扒手，到她的角落里来找她。他们往往殴打她，好像打一匹乏力的马，灌得她醉到失了知觉，于是呆头呆脑的将她摔在眠床上，并不管我就在旁边……

我们是“不幸者”，我的母亲常常对我说：

“我们是不幸者，华式加！死罢，我的小宝宝！”

然而我没有死。我找寻职业，遇着了各样的人们。没有爱，没有温和，没有暖热的一瞥。我一匹小狗似的大了起来。如果人打我，我就哭。如果人抚摩我，我就笑。我不知道为什么我们是不幸者，而别人却是幸福者。我常常抬起我那衰老的，满是忧苦的眼睛向着高远的，青苍的天空。人说，那地方住着敬爱的上帝，会给人们的生活变好起来的。我正极愿意有谁也给我的生活变好，我祈求着望着高远的，青苍的天空。但敬爱的上帝不给我回答，不看我衰老的，哭肿了的眼睛……

生活自己却给了我回答并且指教了我。它用毫不可破的真实来开发我，我一懂得它的意思，便将祈祷停止了……我分明的懂得：我们是并非偶然地，也并非因了一人的意志，掉在地下室的角落里的，倒是因了一切这些人的意志，就是在我们之上，所有着明亮的，宽大的房屋的人们。因了全阶级的意志，所以几十万，几百万人就得像动物一般，在地下室的角落里蹩来蹩去了……

我也懂得了人们批她嘴巴的我的母亲，以及逼得她就在我面前，和“相好”躺在床上的不幸的根源了。如果她的眼睛镇静起来，我就在那里面看见一种这样的忧愁，一种很慈爱的，为母的微笑，致使我的心为着爱和同情而发了抖。因为她年青，貌美，穷困和没有帮助，便将她赶到街上，赶到冷冷的街灯的光下去了。

我懂得许多事。

我尤其懂得了的，是我活在这满是美丽和奢华的世界上，就如一个做一天吃一天的短工，一匹检吃面包末屑的健壮的，勤快的狗。……我七岁就开始做工了。我天天做工，然而我穷得像一个乞儿，我只是一块粪土。我的生活是被弄得这样坏，这样贱，我的臂膊的力气一麻痹，我的胸膛的坚实一宽缓，人就会将我从家里摔出去，像尘芥一般……我，亲手造出了价值的我，却没有当作一个人的价值，而那些人，使用着我的筋力的人，一遇见我病倒在床上，就立刻会欺侮我，还欺侮我的孩子们，他们一下子就将他们赶出到都市中的无情的街上去了。

现在，我如果一看绥柳沙的杆子和圆块，对于他的爱，就领导我去战争。我毫不迟疑。对于被欺侮了的母亲的爱，给了我脚力……这是很焦急的，如果我一设想，绥柳沙也像我一样，又恰是一匹不值一文的小狗，也来贩卖他壮健的筋肉，又是一个这样的没有归宿的小工。这是很焦急的，一想到金黄色的辫发上带着亮蓝带子的纽式加的身上……

直白的想起来，我的女儿会有一回，不再快活的微笑了，倒是牵歪了她那凋萎的，菲薄的嘴唇，顺下了她的含羞的眼，用了不稳的脚步走到冷冷的街灯的光下去，一到这样的直白的一想，我的心几乎要跳得迸裂了……

我不看对准我的枪口，我不听劈劈拍拍的枪声……我咬紧了牙齿。我伏在地上，用手脚爬，我又站起来，冲上去……没有死亡……也没有抚人入睡的春日……我的心里蓬勃着一个别样的春天……我满怀了年青的，抑制不住的大志，再也不听宇宙的媚人的春天的声息，倒是听着我的母亲的声音：

“上去，小宝宝！上去！”

我要活，所以我应该为我自己，为绥柳沙和纽式加，还为一切衰老的，哭肿了的眼睛不再能看的人们，由战斗来赢得光明的日子……

我的手已经被打穿了，然而这并不是最后的牺牲。我若不是长眠在雪化冰消，日光遍照的战场上，便当成为胜利者，回到家乡去……此外再没有别的路……而且我要活。我要绥柳沙和纽式加活，并且高兴，我要我们的全市区，挤在生活的尘芥坑上的他们活，并且高兴……

所以，就因为我要活，所以再没有别的路，再没有更简单的，更容易的了。我的对于生活的爱，领导我去战斗。

我的路是长远的。

有许多回，曙光和夕照也还在战场上欢迎我，但我的悲哀给我以力量。

这是我的路……

工　人

S·玛拉式庚　作

一

当我走进了斯泰林俱乐部的时候，在那里的人们还很有限。我就到俱乐部的干事那里去谈天。于是干事通知我道：

“今天是有同志罗提阿诺夫的演说的。”

“哦，关于怎样的问题的讲演呢？”我问。

但干事没有回答我的这质问。因为不知道为什么，爱好客串戏剧的同人将他叫到舞台那里去了。

我一面走过广场，一面想。还是到戏院广场的小园里，坐在长板椅子上，看看那用各种草花做成的共产党首领的肖像，看看那在我们的工厂附近，是不能见到的打扮的男人和女人，呼吸些新鲜空气罢，于是立刻就想这样，要走向门口去，这时忽然有人抓住了我的手，说起话来了：

“你不是伊凡诺夫么!”

“不错，我是伊凡诺夫——但什么事呀?”

“不知道么?”

“哦，什么事呢，可是一点也不明白啊……同志!”

“那么，总是想不起来么?”

“好像在什么地方见到过似的，但那地方，却有些想不起来了。”我回答说。

那想不起来了的男人，便露出阔大的牙齿，笑了起来。

“还是下象棋去罢——这么一来，你就会记起我是谁来的。”

“那么，就这么办罢。”我赞成说。“看起来，你好像是下得很好的?”

“是的，可以说，并不坏。”

“不错，在什么地方见过你的。对不对?”

“在什么地方?”他复述着，吃去了我这面的金将。“唔，在彼得堡啊。”

“哦，彼得堡?是的，是的，记起来了，记起来了哩。你不是在普谛罗夫斯基工厂做工的么?”

“对了。做过工!”

“在铸造厂，和我一起?但这以后，可是过了这么长久了。”

“是的，也颇长久了。”他说着，又提去了我的步兵。“你还是下得不很好啊。”

“你确是伊凡罢？”

“对哩。”——他回答着，说了自己的名姓，是伊凡·亚历山特罗微支·沛罗乌梭夫。

我看定了曾在同一个厂里作工的，老朋友的脸的轮廓。他，在先前——这是我很记得的……他的眼，是好看而透明，黑得发闪的，但那眼色，却已经褪成烧栗似的眼色了。

“你为什么在这么呆看我的？也还是记不起来么？”

“是的，也还是不大清楚……”我玩笑地答道。“你也很两样了啊。如果你不叫我，我就会将你……”

“那也没有什么希奇呀。”

“那固然是的。”我答说，“但你也很有了年纪了。”

“年纪总要大的！”他大声说，异样地摆一摆手，说道，“你我莫非还在自以为先前一样的年青么？和你别后，你想是有了几年了？”

“是的，有了十年了罢？”

“不，十二年了哩。我在一千九百十二年出了工厂，从这年的中段起，就在俄国各处走。这之间，几乎没有不到的地方，哪，兄弟，我是走着流浪了的。也到过高加索，也到过克里木，也曾在黑海里洗澡，也一直荡到西伯利亚的内地，在莱那金矿里做过工……后来战争开头了，我便投了军，做了义勇兵去打仗。这是战争不容分说，逼我出去的……话虽如此，但那原因也还是为了地球上没有一件什么有趣的，特别的事，也不过为了想做点什么有趣的，特别的事来试试罢了……”

“阿阿，你怎么又发见了这样的放浪哲学了?”我笑着，说。“初见你的时候，你那里是还没有这样的哲学的。”

“那是，的确的。我和一切的哲学，都全不相干。尤其是关于政治这东西。”

“对呀，一点不错。记得的!”我大声说，高兴得不免拍起手来。

“怎的，什么使你这样吃惊呀?”他摇着红的头发，凝视了我。

“你现在在墨斯科作工么?”我不管他的质问，另问道。

“比起我刚才问你的事来，你还有更要向我探问的事的罢?你要问：曾经诅咒一切政治家，完全以局外分子自居的我，为什么现在竟加入工人阶级的惟一的政党，最是革命底的政党了。唔，是的罢?”他说着，屹然注视了我的脸。

“是的，”我回答道。“老实说，这实在有些使我觉得诧异了的。”

“单是‘有些’么?”他笑着，仰靠在靠手椅子上，沉默了。

我看见他的脸上跑过了黯淡的影子，消失在额上的深皱中。薄薄的嘴唇，微细到仅能觉察那样地，那嘴角在发抖。

我们两个人都不说话。我看着驹，在想方法，来救这没有活路的绝境。

“已经不行了。”他突然对我说。“你一定输的。就是再走下去，也无趣得很。倒不如将我为什么对于政治有了兴味的缘故，讲给你听听罢。”

“好，那是最好不过的了。”我坐好了，说。

“还是喝茶去罢!”他道。

我叫了两杯茶和两份荷兰牛酪的夹馅面包，当这些东西拿来了的时候，他便满舀了一匙子茶，含在嘴里，于是讲了起来。

二

我已经说过，战争，是当了义勇兵去的。在莱那投了军，编在本地的军队里，过了两个月，就被送到德国的战线上去了。也曾参加了那有名的珊索诺夫斯基攻击，也曾在普鲁士的地下室里喝酒，用枪刺刺死了小猪，鸡鸭，之类，大嚼一通。后来还用鹤嘴锄掘倒了华沙的体面的墙壁。——可是关于战争的情形，是谁也早已听厌了的，也不必再对你讲了。——但在我，是终于耐不住了三个月住在堑壕里，大家的互相杀人。于是到第四个月，我的有名誉的爱国者的名姓，便变了不忠的叛逆者，写在逃兵名簿上面了。然而这样的恶名，在我是毫不觉得一点痛痒。我倒觉得舒服，就在彼得堡近郊的农家里做短工，图一点面包过活。因为只要有限的面包和黄油，就给修理农具和机器，所以农夫们是非常看重我的。我就这样，在那地方一直住到罗马诺夫帝室倒掉，临时政府出现，以至凯伦斯基政府的树立。但革命的展开，使我不能不卷进那旋风里面去。我天天在外面走。看见了许多标语，如“以斗争获得自己的权利”呀，“凯伦斯基政府万岁”呀，还有沉痛的“打倒条顿人种”，堂皇的“同盟法国万岁”，“力战到得胜”之类。我很伤心。就这样子，我在彼得堡的街上大约彷徨了一个月。那时候，受了革命的刺戟，受了国会议事堂的露台上的大声演说和呼号的刺戟，有点厌世的人们，便当了义勇兵，往战线上去了。但我却无论是罗马诺夫帝室的时候，成了临时政府了的时候，都还是一个逃兵，避开了各种的驱策。随他们大叫着“力战到得胜”罢，我可总不上战线去。但我厌透了这样的吵闹了。不多久，又发布了对于逃兵的治罪法，我便又回到原先住过的农夫的家里去。这正是春天，将要种田的时节，于是很欢迎我，雇下了。还未到出外耕作之前，我就修缮农具和机器，钉马掌，自己能做的事不必说，连不能做的事也都做了起来。因此农夫们对我很合意，东西也总给吃得饱饱的。夏天一到，我被雇作佣工，爬到草地里去割草，草地是离村七威尔斯忒的湖边的潮湿的树林。我在那里过了一些时。白天去割草，到夜就烧起茶来，做鱼汤，吃面包。鱼在湖里，只要不懒，要多少就有多少。我原是不做打鱼的工作的，做的是东家的十岁的儿子。夜里呢，就喜欢驶了割草机，到小屋附近的邻家去玩去。那家里有两个很好的佣工。他们俩外表都很可爱，个子虽然并不高，却都是茁实的体格。一个是秃头，单是从耳根到后脑，生着一点头发。而且他和那伙友两样，总喜欢使身子在动弹。脸呢，颧骨是突出的，太阳穴这些地方却陷得很深。但下巴胡子却硬，看去好像向前翘起模样。小眼睛，活泼泼地，在阔大的额下闪闪地发光。在暗夜里，这就格外惹眼。上唇还有一点发红的小胡子，不过仅可以看得出来。

做完工作之后，在湖里洗澡，于是到邻家去。那时他们也一定做完了工作，烧起柴来，在用土灶煮茶，且做鱼汤的。

“好么，头儿?”那年纪较大的汉子，便从遮着秃头的小帽底下，仰看着我，亲热地伸出手来，紧紧地握一握手。别一个呢，对于我的招呼，却只略略抬头，在鼻子下面哼些不知道什么话。我当初很不高兴他。但不久知道他不很会说俄国话，也就不再气忿，时时这样和他开玩笑了——

“喂，大脑瓜！你的头就紧连着肩膀哩。”

他的头也实在圆，好像救火夫的帽子一样。就是这么闹，他也并不生气，反而哈哈大笑起来。

开了这样的玩笑之后，他们就开始用晚膳。我往往躺在草地上，看着天，等候他们吃完。在这里声明一句：我在放浪生活中，是变了很喜欢看天的了。躺在草地上，看着天，心就飘飘然，连心地也觉得轻松起来。而且什么也全都忘掉，从人类的无聊的讨厌的一切事情得到解放了。

总之，当他们吃完晚膳之前，我就这样地看着天。夜里的天很高，也很远，我这样地躺着，他们在吃晚膳的平野，简直像在井底一样。由这印象，而围绕着平野的林子，就令人觉得仿佛是马蹄似的。这样的暗夜，我走出堑壕，和战线作别了。在这样的暗夜里，我憎恶了战争，脱离战线，尽向着北方走，肚子一饿，是只要能入口，什么也都检来吃了的。我和那战争作别了，那一个暗夜，是永远不会忘记的。战争！这是多么该当诅咒啊……

“是的……”我附和说，又插进谈话去道，“那一夜出了什么可怕的事了么？”

他向我略略一瞥，才说道——

“但不比战争可怕的，这世上可还有么？”

“那大概是没有了！”我回答说。

“不，我见过比战争还要可怕的事。我见过单单的杀人。”

“不，那不是一样的事么？”

“不，决不一样的。固然，战争的发生，是由于资本家的机会和用作对于被压迫者的压制，然而在战争，却也有它本身的道德底法则，所谓资产阶级的道德——用一句话来说，就是对于败北者的慈悲……”

“那么……”

“我军突然开始撤退了。在奥古斯德威基森林的附近，偶然遇见了大约一千个德国兵，便将他们包围起来。但德国兵不交一战就投降了。我军带着这些俘虏，又接连退走了两昼夜。我军的司令官因为吃了德军的大亏，便决计要向他们报复，下了命令，说一个一个带了俘虏走近林边时，为节省时间和枪弹起见，就都用枪刺来刺死他。这就出现了怎样的情形啊！在那森林的附近，展开了怎样的呻吟，怎样的恳求，怎样的诅咒了啊！一千左右的德国兵，无缘无故都被刺杀了。也就在这一夜，我恨极了战争，而且正在这一夜，我那有名誉的爱国者的尊称就消失了。……”

“你也动了手么？……”

“不，”他回答说。“使那命令我去刺杀他的一个俘虏走在前面的时候，那俘虏非常害怕，发着抖，跄跄踉踉地走在我的前头。当听到他那伙伴的呻吟叫唤时，他就扑通跪下，用两手按住肚子，睁了发抖的眼望着我，瑟瑟地颤动着铁青了的嘴唇……”

沛罗乌梭夫说到这里，停住了他的话，向左右看了一回。

“我连他在说什么，也完全不懂。我也和他一样，动着嘴唇，说了句什么话。我决下心，将枪刺用力地刺在地上了。这时候，俘虏已经在逃走。枪刺陷在泥土里，一直到枪口。我觉得全身发抖，向了别的方面逃跑，直到天明，总听到死的呻吟声，眼前浮着对我跪着的俘虏的脸相。”

“对啊，那实在是，比战争还要讨厌的事啊——”我附和着他的话，说。

“从此之后，我就不能仰望那星星在发闪的夜的天空了。我觉得并不是星星在对我发闪，倒是奥古斯德威基森林的眼睛，正在凝视着我的一样……”

“是的!”他又增重了语尾的声音，说，“——总之，我当他们吃完晚膳之前，总还是仰天躺着，在看幽暗的天空的。也不记得这样地化去了多少时光了，因为有马蚁从脚上爬到身体里，我便清醒过来。抬头一看，却见那年纪较大的一个，用左手放在膝髁上支着面颊，坐在我的旁边，在看湖水和树林的漆黑的颜色。还有一个是伏着的，用两手托了下巴，也在望着湖水出神。我和他们，是天天就这个样子的，我从来没有看见他们望过一回天空。所以我就自己断定：他们是也讨厌天空和星星的。”

“你为什么在这样发抖的？”坐在我的旁边的那一个，凝视着我，问道。

“不知怎的有些不舒服……”我回答说。“不知怎的总好像我们并非躺在平野上，倒是睡在黑圈子里面似的。”

“那是，正是这样也难说的……”他赞和着，又凝视起我来了。我觉得他的小眼睛，睁着闪闪地射在昏暗里。

“我觉得我们是走不出这圈子以外的……”我一面说，也看着树林的幽暗和湖水。

“你很会讲道理啊……”他大声发笑了。

这话我没有回答，他也不再说什么下去了。我们三个人，都默默地看着森林和湖水。我们的周围，完全是寂静，寂静就完全罩住了我们。在这寂静中，听到水的流动声，白杨树叶的交擦声，络纬的啼叫声，蚊市的恼人的哭诉声，偶然也有小虫的鸣声，和冲破了森林和湖水的幽静的呼吸，而叫了的远处的小汽船的汽笛。

“你去打过仗了的罢！”忽然破了这沉默，他质问我了。他除下小帽来，在手上团团地转着。

我给这意外的质问吓了一下，转眼去看他，他却还是转着小帽，在看森林的幽暗和湖水。我看见了他那出色的秃头，和反射在那秃头上面的星星和天空……还有一个不会说俄国话的，则理乱不知地伏着在打鼾。

“唔，去过了呀。”暂时之后，我干笑起来。

“去过了？”他说，“那么，为什么现在不也去打仗的呢？”

“那是……”我拉长句子，避着详细的回答，“因为生病，退了伍的……”这之后，谈话便移到政治问题上去了。“现在是连看见打仗，听说打仗，也都讨厌起来！……”

“那又为什么呢？……”他说着，便将身子转到这边来。

“那是，我先前已经说过，政策第一，靠战争是不行的。况且现在国民也并无爱国心……”

“我以为你是爱国主义者，却并不是么？”

我在这话里，觉到了嘲笑，叱责和真理。但我竟一时忘却了我的对于战争的诅咒，开始拥护起我那早先的爱国主义来了。我以为靠了这主义，是人世的污浊，可以清净的。——因为我在那时，极相信战争的高尚和那健全的性质，而且那时的书籍，竟也有说战争是外科医生，战争从社会上割掉病者，将病者从社会上完全除灭，而导社会于进步的。

“是的，你并不错。我是非常的爱国主义者，至于自愿去打仗，当义勇兵……”

“当义勇兵……”他睁大了吃惊的眼，用手赶着蚊子，用嘲笑的调子复述道。“当义勇兵……”

我向他看。他的秃头上，依然反射着幽暗的天和星星。我发起恨来了。

“你为什么嘲笑我的呢……”我诘问他说。

他并不回答我。他那大的秃头上，已经不再反射着幽暗的天和星星了。因为他戴上了小帽。他似乎大发感慨，轮着眼去望森林的幽暗和湖，仿佛在深思什么事。他在深思什么呢？我就擅自决定：他和我是一类的东西。

“你在气我么？”他终于微笑着，来问我道。

“不，你是说了真理的。——我诅咒战争。我是逃兵！”

“哦，这样——”他拖长了语尾，就又沉默了。

就是这样，我不再说一句话，他也不再说一句话。

伏着睡觉的那一个，唠叨起来了，一面用了他自己国里的话，叽哩咕噜的说着不知道什么事，一面回到小屋那面去了。不多久，我也就并不握手，告了别，回到自己的小屋里。孩子早已打着鼾，熟睡在蚊子的鸣声中。我没有换穿衣服，就躺在干草上面了。

有了这事以后，我一连几夜没有到邻家去。那可决不是因为觉得受了侮辱，只为了事情忙。天气的变化总很快，我常怕要下雨。况且女东家来到了，非将干草搅拌，集起来捆成束子不可……直到天下大雨，下得小屋漏到没有住处了的时候，这才做完了工。从这样的雨天起，总算能够到邻家去了，然而小屋里除了孩子和狗之外，什么人也不在。我于是问孩子道：

“这里的人们，那里去了呀？”

“上市去了。”孩子回答说。

“什么时候呢，那是？……”

“嗡，已经三天以前了哩……”

那我就什么办法也没有。试再回到自己的小屋来，却是坐也不快活，睡也不快活。加以女东家又显着吓人的讨厌的样子，睁了大汤匙一般的眼，向我只是看。

“卢开利亚·彼得罗夫娜，你为什么那样地，老是看着这我的？”

然而她还是气喘吁吁，目不转睛地凝视我。我觉得有趣了，问道：

“怎么了呀？不是有点不舒服么？还是什么……”

“不，伊凡奴式加，”她吐了沉重的长太息，大声说道，“我喜欢了你哩！”

于是她忽地抱住了我的颈子。

——说到这里，我的朋友就住了口，凝视着茶杯。后来又讲起来道：

“唉唉，这婆子实在是，这婆子实在是……”

我发大声笑了起来。

“那么，这婆子给了你什么不好的结果了么？……”

“那里，她是非常执拗地爱了我的哩。尤其是在战事的时候……”他笑着，接下去说道，“这之后，我就暂时住在卢开利亚·彼得罗夫娜的家里，好容易这才逃到市里来的……很冒了些困难，才得走出。开初是恐吓我，说是布尔塞维克正在图谋造反，有不合伙的，就要活活地埋在坟里，或者抛到涅伐河里去……总之，是费了非常的苦心，才能从她那里逃出，待到走近了彼得堡，这总算可以安稳了……”

他拿起杯子来喝茶，我劝他换一点热的喝。

“哦，那多谢。”他说着，就取茶去了。

三

“是好女人。”他吐一口长气，说。“有了孩子哩。来信说，那可爱的孩子，总在叫着父亲父亲的寻人。我想，这夏天里，总得去看一看孩子……”

“那男人呢？”

“来信上说是给打死了。叫我去，住在一起。”他说着，就用劲地吸烟。

“好，这且不管它罢，我一到彼得堡市街的入口，马上就觉得了。情形已经完全两样，虽然不明白为什么，却只见市上人来人往，非常热闹，连路也不好走了。这是什么事呢？我就拉住了一个兵，问他说：

‘这许多人们，是到那里去的，你知道么？’

那兵便看上看下，从我的脚尖直到头顶，捏好了枪，呸的吐了一口唾沫。

‘你是什么！兵么?’

‘兵呀!’我答着，给他看外套。

‘兵?’他只回问了一声，什么话也不说，就走掉了。

‘这是怎么一回事啊。’我不禁漏了叹息，但因为总觉得这里有些不平安，便跟在那兵的后面走。兵自然不只一个，在这些地方是多到挨挨挤挤的，但我去询问时，却没有一个会给我满足的回答，我终于一径走到调马场来了。在这里就钻进人堆的中央，倾听着演说。刚一钻进那里去，立刻听到了好像熟识的声音，我不禁吃惊了。我想走近演坛去，便从兵队和工人之间挤过，用肩膀推，用肘弯抵，开出路来，但没有一个人注意我。待到我挤到合式的处所，一抬头，我就吃惊得仿佛泼了一身热水似的了。在我的眼前的演坛上，不就站着个子并不很大，秃头的，我在草场那里每夜去寻访，闲谈，一同倾听了森林的寂静的那个人么?

‘那是谁呢?’我伸长颈子，去问一个紧捏着枪的兵卒。但兵卒默然，什么话也没有回答我。我只看见那兵卒的嘴唇怎样地在发抖，怎样地在热烈起来。而且这热情，也传染了我了。

‘那是谁啊?’我推着那兵的肚子，又问道。然而他还是毫不回答，只将上身越加伸向前方，倾听着演说。我于是决计不再推他了，但拼命地看定了那知己的脸，要听得一字不遗，几分钟之后，我和兵就都像生了热病似的，咬牙切齿，捏紧拳头，连指节都要格格地作响。那个熟识的人，是用坚固的铁棍，将我们的精神打中了。

‘要暴动，最要紧的是阶级意识和强固的决心。应该斗争到底。而且，同志们！首先应该先为了工人和农人的政权而斗争……’

兵卒和工人的欢呼声，震动了调马场的墙壁。工人和兵卒，都欢欣鼓舞了。

‘社会革命万岁！’

‘我们的指导者万岁！’

‘列宁，’我叫喊着，高兴和欢喜之余，不能自制了。每夜去访的那人，是怎样的人呢？他们是为了工人阶级的伟大的事业，而在含辛茹苦的。不料我在草场上一同听了森林的寂静的人，正是这样的人物啊！

‘列宁！’我再叫了一声，拔步要跑到演坛去。

‘我愿意当义勇兵了！当义勇兵！’

然而兵卒捏了我的手，拉住了。他便是我问过两回的兵卒，用了含着狂笑的嘴，向我大喝道：

‘同志，怎的，你莫非以为我们是给鞭子赶了，才去打仗的么？’

我没有回答他。因为这是真实。我们眼和眼相看，互相握着手，行了一个热烈的接吻。

从这天起，我就分明成了布尔塞维克，当市民战争时代，总在战线上，我将先前的自己对于政治的消极主义，用武器来除掉了。”

“现在是，政治在我，就是一切了！”他说着，便从靠手椅上站了起来。

“那是顶要紧的。”我回答说，和他行了紧紧的握手。

四

过了十五分钟，我们就走进讲堂，去听同志罗提阿诺夫的关于《工农国的内政状态》的演说去了。

一天的工作

A·绥拉菲摩维支　作

一

天亮了，靠近墙壁的架子上面，一些罐头，以及有塞子有标题的玻璃瓶，从暗淡的亮光里显露出来了，制药师的高的柜台也半明半暗的露出一个黑影来了。

向着街道的那扇大的玻璃门，还关闭着。另外有扇门却开在那里，可以看得见间壁房间里的柜台上躺着一个睡熟的人影呢。这就是昨天晚上值班的一个学徒。他沉溺在早晨的梦境里，正是甜蜜的时候。

街道上的光亮了些。九月的早晨的冷气透进了房屋，卡拉谢夫扯了一下那件当着被窝盖的旧大衣，把头钻了进去。

大门那边的铃响了，应该起来了，卡拉谢夫可很不愿起来呢，——如果再睡一忽儿多甜蜜啊！铃又响了，“滚你的蛋，睡都不给人睡够的。”卡拉谢夫更加把头钻进大衣里去了。可是睡在大门边的门房可听见了铃响，起来开了大门，然后跑到卡拉谢夫那边，推他起来。

——起来，卡拉谢夫先生，买药的人来了呢。卡拉谢夫故意不做声，等了一忽儿，但是，后来没有办法，始终爬了起来。蒙里蒙懂的对着亮光挤着眼睛，他走进了药房。

——唔，你要什么？——他很不高兴的对着那个年青女人说。

——十个铜子的胭脂，七个铜子的粉。她说得很快，而且声音来得很尖的。卡拉谢夫仍旧那样，不高兴的咕哩咕噜的说着，装满了两个小瓶：

——什么风吹来的鬼，天还没有亮呢！……拿去罢！——他说着，很烦恼的把那两个瓶在柜台上一推。

——收钱罢——买药的女人给他十四个铜子，对他说，——我们要到市场上去，我们是乡下人，所以来的早些，——她添了这几句话，为的要说明她自己早来的理由——再会罢。

卡拉谢夫并没有去回答她，只把应该放到钱柜里的钱放到口袋里去了。他起劲的打着呵欠，他又得开始了这么一套了：麻烦得受不了的，累死人的，琐琐碎碎的十四个钟头的工作，学徒，制药师，副手，咒骂，不断的买主走进走出，——整整的一天就是这些事情。他的心缩紧了。他挥了一挥手，爬上了柜台把大衣一拖，立刻又睡着了。看门的也把脸靠在门上。七点钟已经敲过了，应该把一天的工作都准备起来，但是，药房里还是静悄悄的。

二

制药师沿着走进药房的扶梯走下来了。他住在二层楼。他的新缝起来文雅的衣服和清洁的衬衫，同他的灰白的疲劳的脸，实在不相称，他留意着自己的脚步，很谨慎的走下来，一面还整顿着自己的领带。他也感觉到平常的做惯的一天的工作又开始起来了，自己必要的面包全靠这种工作呢。他从早上七点钟起直到晚上十点钟止，站在药柜那边，要配六七十张药方，要分配学徒的工作，要按照药方检查每一服的药料——而且还要不断的记着：一次小小的错误，就可以打破他的饭碗，因为学徒之中的任何一个要是有些疏忽，不注意，无智识，或者简直是没有良心的捣乱，那末他的地位就会丢掉，而且还要吃官司。但是，他同一般天天做着同样工作的人一样，最少想着的正是这种问题。

特别感觉得厉害的，就是平常每一天的早晨勉强着自己开始工作，同时想到自己在药房里是唯一的上司，这种情绪充满了他，他低头看看自己的脚，恍恍惚惚的扶着很光滑的往下去的栏干。

当他开门的时候，迎面扑来了一种混杂的药房气味，使他想起自己的整天的工作，他平心静气的，并没有特别想着什么，随手把门关上了，他不过照例感觉到自己经常工作的地方的环境。

但是这里一下子把他的心绪弄坏了，他很不满意的看见了乱七八糟的情形：药房的大门还没有开，看门的刚刚从自己床上起来，懒洋洋的卷着破烂的铺盖，那位学徒的抽昏的声音充满了整个的药房。

制药师的生气和愤怒的感觉，并不是为了乱七八糟的情形而起来的，而是为了大家不急急于准备着他要来，似乎没有等待他。看看那位看门的脸上很平静的，睡得蒙里蒙懂的，上面还印着硬枕上的红影子，他更加愤怒起来了，骂了他一顿，而且命令他开开药房的大门；然后他很慌忙跑到睡觉的学徒那里，很粗鲁的把他的大衣一扯。

——起来！七点多钟了。

那个学徒吓了一跳，呆呆的无意思的看着制药师，可是等他明白了是什么一回事，才慢慢的从柜台上爬下来，很怨恨的收拾他的铺盖。

——混蛋，你做的什么？——药房门还关着，一点都没有准备好！

——你这样发气干什么，七点钟还没有呢，我错了吗？为什么没有换班的值日生？干什么你这样钉住了我？

卡拉谢夫恶狠狠的说得很粗鲁，不给制药师插进一句话，肝火发起来了，他想说得更粗鲁些，他不想，也不愿意去想或许是他自己有了错误。

——不准做声！人家对你说话呢。今天我就告诉卡尔·伊凡诺维支。

卡拉谢夫咬紧了牙齿，拿了枕头大衣，手巾，走进了里面一扇门，到自己的房里去。他走过药房，看了看钟——真的已经七点一刻了。他自己睡迟了，是他自己不好。虽然他明白药房门应当开的时候，人家不能够允许他睡觉了，但是，他并不因此就减轻了他反对制药师的愤怒，——为着要给他所积聚了的怨恨找一个肉体上的出路，他走出了门，就凶恶而下作的咒骂了一顿。

制药师走过柜台那边抽出了药方簿子。他感觉非常慌乱和不安，想很快的给卡拉谢夫感觉到自己的权力，使他去后悔，这种感觉使他的愤怒不能够平静下去。

不知怎样的一下子在整个药房里，充满了一种烦恼的情绪，一种禁止不住的怨恨，大家要想相骂，大家要互相的屈辱，看起来又并没有什么原因。其余的学徒和副手都来了，他们绉着眉头，朦里朦懂的脸，很不满意的样子。好像在院子里从早晨就开始下了秋天的细雨，还下过了雪珠，阴暗和潮湿的天气，——大家心里都非常的烦恼。

大家要做的事，都仍旧是那一套：十四个钟点的工作，称药，磨药，碾丸药，时时刻刻从这一个药柜跑到那一个药柜，到材料房又到制药房，一点没有间断和休息，一直延长到晚上十点钟。周围的环境永久是那么样，永久是那么沉闷的空气，永久是那么样的互相之间的关系，永久是那么样感觉得自己的封锁状态，和药房以外的一切都隔离着。

通常的一天工作又开始了，又单调，又气闷，很想要睡觉，一点儿事情也不想做。

三

看门的穿着又大又长的靴子，克托克托的走来；他的神气是一个什么也不关心的人，在药房里的一切事情，以及这里一切人的好不好，他是完全不管的，他拿了两把洋铁茶壶的开水和茶，很谨慎的放在柜台上，热的茶壶立别粘住了漆布，要用气力才扯得开。大家就都在那间材料房中间的一张又狭又长的柜台上开始喝茶，——那张柜台就是昨天晚上卡拉谢夫睡觉的。大家很匆忙的喝着玻璃杯里混混的热的汤水，这些汤水发出一种铜铁的气味。话是没有什么可说的，因为大家互相都已经知道，彼此都已经厌烦了，而且永久是一个老样子。买药的人已经开始到药房里来了，时常打断他们喝茶，一忽儿叫这一个伙计出去，一忽儿又叫那一个出去。

材料房里走进了一个小男孩，大约有十六岁，他是又瘦又长，弯着胸，驼着背，穿着破烂不整齐的衣服，而且他那件西装上衣披在他的驼背身上非常之不相称的。这就是一个最小的学徒。

他跑到柜台边，自己倒了一碗茶，两只眼睛找面包，但是，摊在漆布上的只有一些儿面包屑屑了。“什么鬼把面包都嚼掉了”，他自己讲着，“这算什么，要叫我饿死吗！”他努力把发抖的嗓子熬住了。

他的样子，他整个的骨架，暴露了那种过渡时期的年龄——正是身体加倍的生长，拼命的向上伸长的时候，但是他的年青的肉体还没有坚固，他的身体的各部分发育得不平均，仿佛各个部分是分离的，是不相称的，互相赶不上似的。

灰白色的瘦长的面庞表示着天生的忠厚，软弱，服从，不独立的性质。但是，他现在的怨恨和没有用处的愿望，总还要想惩罚别几个学徒使他们感觉到自己的错处，这些怨恨和愿望就改变了他的神气，他脸上的筋肉和嘴唇上的神经都在扯动着，而他的绝叫的声音抽咽着。

这一切的表示所发生的影响，使人家看了觉得他真是个小孩子的神气。而他，恩德雷·列夫琛珂自己也觉得无论怎么样都要换一个方式来表示使人家不当他小孩子，使人家不笑他，但是不会这样做。他不做声了，用茶匙光郎光郎的把茶旋成一个圆的漩窝儿；然后，突然间发起恨来了，把并没有一点儿错处的茶壶一推，茶壶打开来了，水也泼出来了，他站起来，挥挥他的手。

——混蛋，只晓得吃，你们这些畜生！……为什么我从来没有吃过别人的呢？你们这些不道德的人！

——茶壶倒翻了，死鬼！

大家相骂起来了，卡拉谢夫的凶恶的脸对着恩德雷。值班的一夜没有好睡，早晨来买药的女人，制药师又来吵闹了他，白天还有十四个钟头的工作，恩德雷脸上的神气和他整个身体的样子，——这一切一切都很奇怪的在他的心窝里混合了起来。恩德雷是个小学徒，根本就没有资格高声的说话。

——你摆什么官架子！畜生！……谁怕你呢！

大家一致的攻击列夫琛珂。他应得的面包，真的不知道谁给他吃掉了，可是现在弄成这样了，仿佛倒是他自己的错处。

列夫琛珂努力阻止嘴唇的发抖，熬住自己理直气壮的眼泪，他没有力量保护自己。他似乎是为着要维持自己的威严，说了几句粗鲁的骂人的话，就跑到屋角里去，在空瓶堆里钻来钻去。

受气，孤独，没有帮助的感觉，使他的心上觉到病痛似的痛苦。他进了药房已经有半年了，直到现在，他天天一分钟都不知安静的。追究他，骂他，鄙视他，讥笑他。为的是什么呢？他总尽可能的工作，努力讨大家的好。他的加紧工作，本来是讨好别人来保护自己的，可是，他愈是这样，就愈发受苦。甚至当他有几分钟空的时候从材料间跑到药房里来看看，学习学习配药的事情，也要被他们驱逐出去，好像他有癞病要传染似的——重新被人家赶回材料间去——洗洗橡皮泡，剪贴剪贴标题纸。大学徒，副手，制药师也曾经有过这样同样的地位，他们也都受过侮辱和屈服，当初谁比他们在职务上高一级的人，也都可以这样欺侮他们的。而现在，因为心理的反动，他们完全是无意之中在恩德雷身上来出气，仿佛是替自己的虚度的青年时期报仇。

但是，他并不顾到这些，在他的心上只是发生了愤激和报仇的感觉。

他急忙的粘贴着标题，同时一个一个奇怪的复仇的念头在他的脑筋之中经过：大学徒，副手，制药师应该碰见不幸的事情，或者火烧，或者吃错了毒药，或者更好一些，——他们弄错了药方，毒死了病人，结果警察来提他们，而他们在绝望之中将要来请求恩德雷救他们，请他说：这是他没有经验掉错了药瓶。而他恩德雷，在那时就可以跑过去问他们了：“记不记得，——你们都给我吃苦头，羞辱我，戏弄我，我没有一分钟的安静；我的心痛和苦恼，谁都没有放在心上，现在你们自己来请求我了?！你们为什么欺侮我呢?”

是的，他为什么应该忍受这一切呢，为什么大家都不爱他呢？只不过为的他是一个最小的学徒。他很心痛的可怜自己起来了，可怜他自己小时候的生活，可怜他自己的过去，可怜在中学校的那几年，可怜小孩子时代的玩耍和母亲的抚爱。

他低倒了头，绉着眉头，努力的熬住了那内心之中燃烧起来的眼泪。

制药师进来了，他竭力装出严厉的不满意的样子，命令大学徒到药房里去，叫小学徒也去准备起来。卡拉谢夫同两个大学徒跑到药房里去了，开开药柜门，摆出木架子，白手巾，玻璃瓶，装药的勺子，一切都放好，摆好，像每天早上一样的开始工作。

又暗又高的天花板上，中间排着一盏不动的灯；屋子里的光线是不充足的，一口大的药柜凸出着，光滑的柜台上反映着黑暗的光彩，周围摆着一排一排的白色玻璃瓶，上头贴了黑色的标题，一股混合的药香的气味，——这一切看起来，正好配合着那种单调的平静的烦闷的情绪，这种情绪充满着这个药房。

像镜子似的玻璃门里，看得见一段马路和对面的壁板，对过的大门口挂着一块啤酒店的旧招牌，上面画着一只杯子，酒沫在向外泼着。早晨的太阳从那一方面经过药房的屋顶，很亮，很快乐很亲爱的照耀着那块招牌，排水管，石子路，发着光彩的路灯上的玻璃，对面墙头上的砖瓦，以及窗子里雪白的窗帘，——而药房却在阴暗的一方面。

马路上的马车声同着城市的一般的不断的声音，却透过关着的门，送进了药房内部，这种声音一忽儿响些，一忽儿低些，窗子外忙乱的人群来往着，使街上的声音发生着一种运动和生活，而且不断地在窗台上闪过小孩们的帽子。

可是这许多仿佛都和药房没有什么关系似的，在这里一切都是有秩序的，静悄悄的，暗淡的。学徒们都站在那边，他们的苍白的脸，表示着很正经的神气，站在柜台边工作著。而制药师也仍旧是站在药柜边不断的写着和配着药。

在长凳上坐着几个普通人，等着药。他们却很注意的看那些玻璃瓶玻璃罐子，药缸，以及一切特殊的陈设，这些情形使他们发生一种整齐清洁精确的感想，而且使他们觉到药房和其他机关不同的意义。他们闲立得无聊，注意著那些穿得很有礼貌很干净的年青人在柜台边很快很敏捷很自信的工作著。每一次有人跑进来的时候，一开门，街上的声音就仿佛很快活的充满了整个药房，但是，门一关上，声音立刻就打断了，又重新低下去，仍旧继续那种不安宁的嘶嘶的响声。学徒们看一看进来的人，并不离开自己的工作，仍旧很忙碌的配着药，关于新来的买主的影象，一下子即被紧张的工作所消灭了；在他们眼前所闪过的人的样子，面貌，神气，以及所穿的衣服，都混成一个总的灰色的印象，发生着一种单调的习惯了的感觉。只不过年青的姑娘们是在总的灰色的背景之外，她们所闪过的样子和面貌是年青得可爱和风流。年青的响亮的声音叫人听着有意外的快乐，引得起那种同情和热心的感觉。卡拉谢夫，或者其他的学徒，却很亲热的放她们进来，给她们所需要的东西。门又重新关好，又恢复了过去的灰色的平日的色调，而且一般买主们的面貌都好像成了一个样子。

每天的时间总是这样地跑过去，买主们总是这样一忽儿来一忽儿去，学徒们总是这样拿架子上的药瓶，撒撒药，调调药，贴贴标记；学徒们和副手们总是这样的在买主面前装着很严厉很有秩序的样子；到了只剩着他们自己的时候，他们互相之间骂也来，讥讽也来，笑也来，说说俏皮话，相互争论起来，他们对于老板和代表老板利益的制药师，却隐藏着一种固执的仇视的态度。

四

学徒们有时候想出些自己玩耍的事情，尤其谢里曼最会做这类的事，他是最大的学徒。他胖得圆滚滚的，凸着一个大肚子，人很矮小，他笑起来永久是会全身发抖，而且总在想开玩笑。他同卡拉谢夫在一起工作；他做得厌烦起来了，很想玩一套什么把戏，但是有买主在药店里，制药师也站在药柜边。他就把身体弯下去，好像是到地下去找药瓶子，其实他在底下一把抓住卡拉谢夫的脚，卡拉谢夫惟恐自己跌倒，也就弯身下去，倒在谢里曼的身上，而且用无情的拳头捶他的背部腹部腿部头部。站在柜台那边的买主和制药师并看不见他俩，他们在地板上相互的抓着，而且十分紧张的，闭紧着嘴不敢喘气，惟恐自己要叫出来，或者大笑起来。如果制药师骤然间从柜台那边走过来看见这种情形，那他就立刻要开除他们出药房，——这种危险使他们的玩耍特别有劲。后来，他们起来了，而且安安静静如无其事的重新做起打断过的工作。买主们不过觉得有些奇怪：为什么这两位学徒的面貌上忽然这样红呢。

可是有时候他们的把戏还要厉害。譬如有一次谢里曼偷着一忽儿时间，装了满袋的泻药片和同样子的巧格力糖，偷偷的从药房里出来走到门外，就把这糖片和药片沿路分送给遇到的人去吃：马夫，门房，下女，女厨子，甚至在对面的站岗警察都吃到了；经过两个钟头发觉了他请客的结果，在门外起了一个不可想像的扰乱。那位警察简直丢了自己的岗位跑走了。几家人家的主人立刻派人检查一切的锅子和暖水壶，以为这些东西里有了什么毒药。学徒们可时时刻刻跳进材料房去，伏在柜台上，脸向着下面，哈哈大笑，笑到像发神经病似的。制药师骂得很利害；为什么他们丢了药方不做工，想不出他们是在干些什么，直到最后才推想到这个把戏是他们闹出来的。可是制药师并没有对老板去告密，他自己也害怕；知道老板并不会感谢他的，因为他不能够看管学徒们，自己也有错处。很单调很忧闷的一天之中，没有可以散心的，没有什么可以喜欢的，也没有任何精神生活的表现，学徒们就只有做做这种把戏。这种把戏是他们在自己的无聊生活之中起一点儿生趣的唯一办法。药房的生活完全是一种出卖自己的时间和劳动能力的人的生活。一百个老板之中总有九十九个看着自己的职员只是创办药房事业所必需的力量的来源，竭力的要想自己只化最少的费用，而叫他们尽可能的多做工作。一天十四个钟头的工作，没有一分钟的空闲；甚至于在很辛苦的，晚上没有睡觉的值班之后，也没有可能休息这么两三个钟头。他们住的地方只有搁楼上或地窖里的小房间；他们吃的东西都是些碗脚的剩菜。药房老板为着要使这些卖身的学徒不能够抱怨，他们定出了一种条例，叫做“药房学徒，副手，制药师的工作条例”，——照这种条例，老板就可以支配这些药房职员，像他们支配玻璃瓶玻璃罐橡木柜以及药料一样。学徒要有投考制药师副手的资格，副手要有投考制药师的资格，都应当做满三年工作，仿佛是为着要在实习之中去研究（其实是老板要用廉价的职员）而且在每一个药房里面至少要继续工作六个月，不管这个药房的生活条件是怎么样，——不然呢，所做的工作就是枉费，不能作数。药房老板尽可能的利用这个条例来裁减“不安分的份子”。这样，药房职员只要有很小的错误，甚至于没有错误，就可以有滚蛋的危险，而因为他没有做满六个月，他的名字就立刻在名单上勾消了，虽然离六个月只剩得两三天，也是一样；于是乎他能够有资格投考的时期又要延迟下去，又要重新天天去做那种麻烦的苦工。

学徒方面也就用他们自己手里所有的一切方法来改变他们的生活，即使只有很少的一点儿意思，他们也是要干的；如果不能够，那末，至少也要想法子来报仇，为着自己的生活健康幸福而报仇，当然这是不觉悟的报仇。学徒们不管在怎么样难堪的条件之下竭全力要完成六个月的初期的服务。可是，只要过了这个和他的命运有关系的半年，他们立刻就跳出去，寻找较好的服务地方，这个地方应当有的，而且一定要有的，因为总有些人是在过着人的生活，因为在旧的地方的生活实在过得太难堪了。最初时期的新的环境，新的关系，新的同伴，新的买主，——遮盖着实际情形，仿佛此地的生活表现得有意思些：但是，这不过几天而已，最多一个星期一个半星期。在这里，这些青年的身体康健和精力又同样的要被榨取，又同样的等待着可恶的疲劳的六个月，那时候又可以跑出这个地狱，到另外好一点的药房里去，这种药房一定要有的。——这样的情形直到三年为止。不幸的药房职员只要在那个时期没有病倒，没有生痨病，没有好几十次吃错毒药，没有被药房老板冤枉或者不冤枉的取消药房职员的资格，把他的名字从名单上勾消，而能够靠朋友亲戚的帮助，拿出自己很小的薪水的一部分，积蓄起一笔款子，——他就可以跑到有大学校的城市去，饿着肚子来准备考试，最后，经过了一个考试，他就变了药房副手。然后……然后又开始这一套，才可以得到制药师的资格，这种制药师的资格，很少有人可以得到的。

为着要反对老板的公开的直接的权力，什么都可以做得出来的。假使学徒们有一个小小的可能，他们就得支配账房柜里的钱，像支配自己的钱袋一样；在柜子里的香水，贵重的肥皂，以及生发油等等，他们不管人家需要不需要，而拿出去随便送人；药材的耗费要超过所需要的两三倍，只要一忽儿不注意，他们就立刻把些材料都掉到盆里去了，这些多余的材料在材料房里堆了许多。制药师和老板要时时刻刻看着他们，这在事实上又是不可能的。

药房里内部的生活虽然是这样的异乎寻常的情形，可是局外人在外表上看来，仍就是很单调而有秩序的。

五

像今天，在买主们的眼光看来，外表上并没有什么特别紧张。卡拉谢夫，谢里曼以及别的学徒副手们仍旧是很寻常的很忙碌的在自己的柜台边工作着。可是，这种寻常的环境和机械式的工作，并不能集中他们全部的注意力，而且他们的脑袋并没有受到环境的束缚，片段的思想和回忆不断的在他们脑经里闪过：所闪过的是些什么呢？是关于放假的日子，争论，打架，夜里的散步，关于自己将来的命运，幻想最快乐的意外的生活，以及模糊的希望着能够换一个环境，换一个地位。

卡拉谢夫一方面在漏斗里滤着浑浊的液汁，这种液汁已经发着亮光一滴一滴的掉到玻璃瓶里去，另一方面他正在想着——“我做了副手，有人借我五百个卢布去租一个药房，出卖些便宜的药，——只要卖得便宜，就是参点儿粪进去也不要紧。不然呢，养些猪也可以，猪油可以卖到莫斯科去……叫我的那位可怜的受苦的母亲同住在一起，可以离开那种穷苦的生活。这样的过着好生活！到白洛克公司去买辆自行车——兜兜圈子，这倒可以不要喂养它的；——很好：周围有荒野，有小河，有新鲜的空气，有碧青的天空，自由自在的坐在那里吹吹口啸！”……

他竭力的熬住自己的手发抖，很当心的把瓶里的药水倒在漏斗里去，漏斗里的水一滴一滴的漏到玻璃瓶里去，散出发亮的模糊的斑点。

有人很急忙的进来了，跟着他突然闯进来的街道里的喧闹声，一忽儿又重新退去了，药房里的声音又重新低下去，像人在那里自言自语似的；这样一来，使人想起别的地方的自得其乐的生活。

制药师拿一张药方放到卡拉谢夫面前。在药方上写着“Statum.”，——这就是说要把药立刻配好，用不着挂号——因为这是病危的药方。卡拉谢夫拿来看了一看，他的思想立刻转移了。他已经不想着将来的药房，养猪，坐自行车等等事情了，他拿着梯子很急忙的爬到最高的一格上面，写着“Opii Oroati”。他很快的爬下来，继续着工作。放在那里一大堆的药方惹起了一种催促的感想。

同伴们在旁边工作着，他们跑来跑去，弯着身子拿这个瓶那个瓶，倒出些药粉放到极小的天秤上去称，轻轻的用手指尖敲着，又重新把那些瓶放到原位上去。这些，使人感觉着那种不变的情绪，机械的紧张，以及不知道为什么的等待着工作快些做完。

有时候，卡拉谢夫忽然发生着一种不能克服的愿望：呸！什么都要丢掉，不管制药师，不管药房，不管世界上的一切药方，快些披起衣服跑出去混在那些活泼的敏捷的在街道上的人堆里去，同他们一道去很快活的吸一口新鲜空气，——这两天的太阳这样好，这样清爽。但是，他继续做的仍旧是那样紧张的工作，仍旧要磨着，称着，撒着药粉，倒着丸药。一忽儿又一忽儿的看着那口壁上的挂钟。一支短针竟是前进得那样慢，卡拉谢夫心里推动了它一下，但是，再去一看，它仍旧在老地方。

无论时间去得怎样慢，可是总在走过去。这时间跟着街上声音的印象，跟着马路上的景致，跟着窗口经过的人群，跟着经常变换的买主，一块儿走过去，而且跟着工作的顺序走下去，疲倦的感觉渐渐的利害起来了。看起来：周围的整个环境，买主，学徒，柜子，制药师，窗门，以及挂在中间的灯，都是慢慢的向前去，走到吃中饭的时候了；吃中饭确有一种特别的意义，——总算一天之中有了一个界限。

一点半了，要想吃中饭，胃里觉得病态似的收缩起来了。卡拉谢夫忽然想起了不知道什么人吃掉了恩德溜史卡[①]的早饭，卡拉谢夫也曾经骂过他的。他现在想起来很可怜他，大家都攻击他，因为他是个最小学徒，卡拉谢夫一面快快拿了颜色纸包在瓶口上，一面这样想："混蛋，他们找着他来攻击！"

六

平常在下午三点钟的时候，买主的数目就少下来了。学徒们很疲倦的，肚子也饿了，配着最后的几张药方。楼上有人来叫制药师和副手去吃中饭，他们是同老板在一起吃饭的。

——先生们，白烧儿！——制药师刚刚进去，最后

---

① 就是恩德雷。——译者。

的买主刚刚走出大门，谢里曼就跑进材料房高声的叫着。

——去，去！

——喂，列夫琛珂你去！

列夫琛珂很快的爬到最高的架子上，用自造的钥匙去开那上面的药厨门，这药厨里藏的是酒精，他就拿了一瓶百分之九十五的酒精倒在另外一个玻璃瓶里，并且在里面加上樱桃色的糖蜜和有一点香气的炭轻油。做成了一种很浓厚的饮料，这种饮料在药房里有一种“科学的”名称叫做“白烧”。

看门的和下女把中饭送来了。学徒们搬好凳子，都坐在柜台的周围，他们都很快活的等着喝酒。当看门的和下女出去了之后，谢里曼不知道从什么地底下拿出那瓶酒来倒在量药的杯子里，那杯子至少可以盛大酒杯一杯半。每一个人都很快活的把这满杯的酒精一下就倒在肚里去了。燃烧得很利害的感觉，呼吸几乎被纯粹的酒精逼住了，各人的眼睛里发着黑暗，经过一分钟以后，他们大大地快活起来了，他们大开了话箱。一下子都说起话来了，但是，谁都不听谁的话。讲了许多无耻的笑话，很尖刻的，骂娘骂祖宗的都骂了出来。什么无聊的工作，互相的排挤，互相的欺侮，和制药师的冲突的悲哀的等待着休息日的希望，一切一切都忘掉了。大家忽然间在压迫的环境之中解放了出来；可以使人想得起和药房生活有关系的那些瓶子杯子罐子等等都丧失了意义，而且现在看起来都没有什么意思了，也没有什么必要了。站在柜子上架子上和抽屉里的这些东西都在偷偷的对着他们看。学徒们把碟子刀子碰得很响，很有胃口的贪吃着，就这么用手拖着一块一块的肉吃，这些肉究竟新鲜不新鲜还是成问题的。大家都赶紧的吃着，因为买主们会来打断他们的中饭，而且他们也正在抢菜吃，惟恐别人抢去了。

列夫琛珂忘记了自己今天的受气，而且没有原因的哈哈大笑起来，在他的青白色的面上燃烧着一些病态的红晕。卡拉谢夫很暗淡地看着壁角，他平常酒喝得愈多就愈加愁闷。可是，谢里曼像鬼一样的转来转去，他提议对于制药师和副手再来一个把戏，——把蓖麻油放到他们喝茶的杯子里去，或者再比这种油还要的厉害的东西，他自己想起这种把戏的结果，就捧着肚子大笑了。

药房里的铃很急的得郎郎的响了。一种习惯了的感觉，——应当立刻就跳起来跑去放买主们进来，——就把醉意赶跑了，而且一下子出现在眼前的又是从前的环境。每一个人在无意之中觉得自己又在斗争的状况里面了，这种状况，是整个药房生活的条件所造成的。

——卡拉谢夫，难道不听见吗？你这个混蛋！

——你去罢，又来了，我值班值了一夜，混蛋！

——谢里曼，你去，要知道人家在那里等着呢。

——列夫琛珂，你去罢！

列夫琛珂也张开了口表示着反抗的意思，但是，没有讲话，就被他们从材料房里推了出来。他给了买主所需要的东西，等买主跑出去了，就把一部分的钱放进钱柜里去，放得那么响——使材料房里的人都听得着掉钱的响声：而另外多余的一部分钱就轻轻的放进自己的袋里，回到材料房来了。

卡拉谢夫又倒了白烧，大家都喝了。他们都要想再来一次那样的快活，和痛快的情绪，但是，喝醉酒的第一分钟的快活已经不能够再恢复了。头脑发重了。制药师和副手快要来了。

——孩子们，卡奇卡来了！

学徒们都拥挤到窗前来看，有一位涂粉点胭脂的“半小姐”在行人道上走过来了。她有点儿跷脚，看起来，她用尽一切力量要想走得平些。

——跷脚的女人！

——没有脚的女人！

——卡奇卡走过来！

谢里曼跳到窗台上去，并且做出没有礼貌的手势。

——孩子们，把卡奇卡——来灌一灌白烧！

她走过了，头也不抬，可是很得意的样子，因为大家都在注意她。——卡拉谢夫，她在等你呢！

——哪，见什么鬼！——卡拉谢夫不满意的说着。大家都钉住了卡拉谢夫。

——立刻叫她到这里来，听见吗？去同她来。

——先生们！她脚跷得好一点了呢。

——叫她来！

大家拉着卡拉谢夫，而他开始发恨并且骂起来了。同平常一样，在无意之中玩笑变成了相骂。

药房里又来了买主。制药师与副手吃了中饭走下来了。制药师立刻指挥他们工作，大家都站到柜台旁边。头脑里轰隆隆的响起来了，非常要想躺下来，并且眼睛也要闭下来，真想去尝一尝醉醺醺的骚乱的味儿。

我发寒热了，头在晕着……请准许我……我不能工作——卡拉谢夫走到制药师的面前说。

制药师很凶恶的看着他，并且身体凑近了他，可是，卡拉谢夫很小心的轻轻抑止着呼吸，呼出的气竭力的避开制药师的脸。

——又喝了酒?！哼，不知道像什么东西！……猪猡！我说过谁都不准拿一滴酒精。

——谁拿呢？钥匙在你那里——卡拉谢夫很粗鲁的说了，又重新走到自己的位子里，故意不留心的把玻璃瓶子和天秤磕碰着，乓乓乒乒的发响。

七

吃中饭以后的时间更拖得长了。太阳从低处倾斜到屋后面，照耀着屋顶和教堂上的十字架，城里的房屋和街道上面都布满了阴影。暗淡的微光在不知不觉中充满了药房。在架子上的药罐和一切东西的棱角却丧失了显现的状态，而在精神上印着一种慢性的悲哀，不满意的混乱的情绪。

卡拉谢夫想起了自己的房间，在他的幻想之中发现了在他房间里的贫困的环境，一张桌子上堆满着空的药瓶，许多医药上的书籍和一切零碎的废物，一张跷了脚的椅子，床上破烂的粗布被单，并且想到十点钟之后关了药房门大家都上楼去的时候，平常总有一种安静和轻松的感觉，这种感觉现在引起了他的一忽儿的幻想。后来，他又记起老板卡尔·伊凡诺维支面上的表示，想起他那走路的神气，他那白胡子，常常绉着的灰白眉毛。当他同学徒们讲话的时候总是这样的看着，仿佛在他面前的是一匹顽强的懒惰的马；这匹马，应当要拿着鞭子来对付似的。卡尔·伊凡诺维支是一个德国人。卡拉谢夫想——“如果把一切德国人都从俄国赶出去，那时候，或许学徒们在药房里的生活就比较的要好些。可是，制药师不是德国人，而也是一个混蛋。”

卡拉谢夫设想着自己做制药师的时候，他想得仔仔细细，——想到他将来生活上的一切，他将来要穿什么衣服，要怎样走路，怎样来对付卡尔·伊凡诺维支，怎样说话，以及怎样来赶这许多学徒。

半明半暗的光线充满着药房，被这光线所引起的情绪已经到了这样的程度；简直遮盖了一切实际情形，虽然他的手还在机械的很快的做着自己的工作，但是，他完全忘记了他自己在什么地方，忘记了在他的周围有些什么东西，——在他的面前完全是一个另外的景像和状态。当有人叫着了他，问他要什么东西的时候，这种叫声才突然把他从幻想中叫回来，这种幻想是一种疲劳和孤独的环境所形成的。

看门的跑来，摆着梯子，爬了很久，后来总算点着了灯。那时，窗子上一下子发了暗，而在街道上的路灯也点着了。凡是经过药店门口的人，只要他走进了从窗子里射出去的那道亮光，在里面的人就可以把他看得很清楚，但是，一忽儿他又跑到黑暗里去了。马车的声音渐渐地在城里低下去了。

到十点钟还远得很，卡拉谢夫工作着，一下子又沉醉在他自己的回忆和幻想中。买主们也是如此的萎缩着，真的他们也同样的无聊。好像这样的时间过不完似的。“最好现在就跑出去，到一个和现在完全不同的环境里去，为什么一切都是这样呢？如果这样下去真要死呢。”

那些事情离得很远很远呢，可是，现在不知道为什么都想起来了，而且不知不觉的和买主们的无聊的神气联系起来，并且和黑暗以及无穷无尽的长夜联系起来。卡拉谢夫觉得很不舒服，他转变了一个思想，而想到别方面去了。

一个大学生走到制药师面前低低地说了一些什么。制药师很有礼貌的注意着听他。大学生制服的大衣，上面钉着白铜钮扣，学生装的帽子上有一道蓝箍，他嘴巴上的青年人的胡子刚刚透出皮肤，所有这些惊醒了卡拉谢夫的回忆，这对于他是非常感伤的。如果能够换一换生活，他也许现在可以和这位大学生有同样的地位，也是这样走到药房里来，而且有同样的自由和不拘束的态度同制药师讲话。卡拉谢夫同他的同伴们都属于那些不幸的人，——中学校对于这些不幸的人不是母亲而是后母了。青年学生之中有极大的百分数就是药房学徒这一类的人，他们每一年被中学校赶出来，使他们不能够读完。

大学生出去了，而制药师叫卡拉谢夫跑到他面前去，开始检查他刚刚配完了的药方。制药师看看药方，而卡拉谢夫背诵着，他说“（Sachari）”（糖）……

卡拉谢夫踌躇了一秒钟。他现在很清楚的回忆了起来，在药方里应该要放乳糖的地方，他放进了普通的糖。“（Sichari Iast）”（乳糖）——他直接的很有勇气的对着制药师的脸坚决的说出了。

“那里，别怕，这是不会毒死的，我还是不说出来好，如果说出来——又要强迫我重新配一次。”制药师在纸上打好了印，并且指挥他包好药瓶。

通常人说——“正确得像在药房里一样，”但是，这太天真了。服务的职员和应做的工作比较起来，常常觉得职员太少。为要赶着配药，他们走来走去的走得很疲劳，而且慌忙的不得了，只要制药师转身一下，学徒们就在背后做错了（至于买主们，他们本来一点儿不知道这些专门技术的）；称得最正确的只不过最毒的物质。

卡拉谢夫感觉得脚筋抽起来了，腰也酸了。整个身体里充满着消沉和疲倦。看起来只想要爬到床上去——立刻就会睡得像死人一样。现在世界上无论怎样满意的事都不能来诱惑的了，只要睡觉，睡觉，睡觉。白天里，尤其在吃中饭以前，时候过得非常慢，而且疲倦得很。现在看起来，在太阳没有落山的一天竟不知不觉的过去了；但是黄昏，尤其是晚上，——又像过不完了似的。许多配好的药方已经拿去了，许多买主已经来过了，而透过黑暗的那些零零落落的路灯的火光，仍旧可以在窗子里看得见，药房中间的那盏很大的煤气灯仍旧点着，学徒们，副手们，买主们仍旧是那么样走来走去，他们的脸，衣服和手里的包裹在晚上的光线之下还有一种特殊的色彩，黑暗的阴影也仍旧一动也不动的躲在壁角落里和橱柜之间，而且最主要的是：——所有这些情形都永久是自然的，必要的，不可避免的。这个晚上，看起来，简直是无穷无尽的了。

经过半开着的材料房的门，可以看得见恩德雷·列夫琛珂的瘦长的不相称的身子。他在门和柜台之间走来走去，做着很奇怪的手势，身子低下去，手伸出来，仿佛是在空气里指手划脚的。

坐在药房里的人，看着他的动作，觉得可笑而想像不到的；他们都看不见材料房里到处都挂着绳子，恩德雷是在这些绳子上用阿拉伯胶水把标题纸的一头粘在上面晾干。恩德雷在门口走过的时候，在他一方面可以看见两三个买主的身影，一动不动的坐在椅子上，可以看见在柜台后面工作着的学徒，以及一半被药柜遮住的制药师，他老是那么一个姿势，一点儿没有什么变化的。许多瓶的蓖麻油，亚摩尼亚酒精，白德京药水，吴利斯林油，现在放在他面前的柜台上，叫人得到这一天工作的成绩的印象。疲倦之外还加上一种孤独的感觉；人家做工还有些同伴，而他一天到晚只是一个人在这个肮脏的杂乱的光线很暗的非常闷气的材料房里转来转去。

八

“……一……二……三……四……九……十!”钟敲得很准，很清楚，很有劲，明明白白的要大家懂这几下敲得特别有意义。在这一秒钟里面，一切——凡是这一忽儿以前的，工作时间所特别有的，那种影响到整个环境的情调都消灭了；而站着不动的天秤，瓶瓶罐罐，量药水的杯子，药柜，椅子和坐在上面等着的买主，黑暗的窗门，一下子都丧失了自己的表现力量和影响，——

这些东西，在一秒钟以前，对于学徒们还有那么利害的力量和影响呢。一种脱卸了劳动责任的感觉，——可以立刻就走的可能，把大家都笼罩着了，使过去一天的印象都模糊了。

买主丧失了自己的威权，他们的身子都仿佛缩小了，比较没有意义了，比较客气了。学徒们互相高声的谈话起来了，无拘无束的了。看门的把多余的灯灭了，站到门口去等最后的几个买主出去，就好关上门，就好在门旁边的地板上躺下。开始算钱。值班的副手，表示着不高兴的神气，在半明不暗的材料房的柜台上摊开自己的铺盖，而其余的学徒走出药房，很亲热的很快活很兴奋的，沿着黑暗的扶梯上楼去，互相赶着，笑着，说着笑话。

眼睛在乌暗大黑之中，什么也看不清楚，可是脚步走惯了，自然而然一步一步的走到靠近屋顶的搁楼上去。大家都非常之想要运动一下，热闹一下，换一个环境，换一些印象。一分钟以前还觉得是求不到的幸福——可以躺到床上去睡觉，可以像死人的睡倒一直到早晨，——现在可又消灭得无影无踪了。

狭隘的拥挤的肮脏的搁楼现在充满着声音，叫喊和烟气。很低的天花板底下，缭绕着青隐隐的动着的一股股的烟气，这个天花板斜凑着接住屋顶的墙头，所以谁要走到窗口去，就要低着头。

学徒们很高声的讲着话，叫喊着，抽着烟，互相说着刻薄的话。

屋子中间放着一张很小的桌子，上面铺一块破毡单，还有一瓶白烧，一段香肠，几条腌鱼，很有味的放在窗台上。学徒们很忙碌的脱掉干净的上衣，解开白色的硬领和硬袖；如果有谁来看一看搁楼的情形，他简直要吓退了：现在已经不是穿得很整齐的青年人，而是些破破烂烂的赤脚鬼。大家的衬衫是龌龊的，都是破的，一块一块的破布挂在同样龌龊的身体上。学徒们做着苦工似的工作，只有很少很少的薪水，差不多完全只够做一套外衣，因为老板一定要他们在买主面前穿得齐齐整整干干净净的，而在药房里面衣服是很容易坏的，常常要沾着污点，各种药水和酸类要侵蚀衣服，因此，要买最必须的衬衣的钱就不够了。最小的学徒恩德雷穿的一件衬衫已经有一年没有脱过了，简直只是一块破烂的龌龊的布披在他的身上，那一股恶劣的臭气全靠药房里面常有一种气息遮盖着，他在这个城里，没有一个亲人，没有什么人来招呼他，一直要等到衬衫完全破烂没有用了，他才去买一件新的。

大家围着桌子坐下来，倒着酒就喝起来。一瓶快空了，而大家的脸红了，眼睛发光了。恩德雷飞红的脸，他转动着，给大家分牌。——平常在药房里大家认为骂他，赶他，用一切种种方法压迫他是自己的神圣的责任，而现在的恩德雷可已经不是那样的恩德雷了。他有一点儿钱，现在别人和他赌钱，大家都是平等的了；他赶紧利用这个地位，笑着，说着。

赌钱是越赌越长久，通常总是这样的。大家总发生了一种特别的情绪，这是赌钱引起来的：很久的坐着，输钱的冒险，赢钱的高兴，赌的单调，大家移动着脚，摇摆着身子，发出不成句子的声音，开始哼一只歌曲，一忽儿又换一支，没有哼完，又打断了。

——发牌了……唉，鬼家伙，糟了！“唉咿，你，小野果儿，红草樱儿，蒲公英儿。”鸡心！你有什么？来了！

搁楼里很挤很气闷，抽烟抽得满屋子都是烟气。空气里面飞着白粉似的灰尘和灯里的煤气。白烧的空瓶在桌子底下滚来滚去。到处都是香肠的皮和腌鱼的骨头。时间早已过得半夜了。仿佛是从城里很远的地方——上帝才知道究竟是在那里——只听得从那黑暗的窗子里传进来，很微弱的钟声敲了一下，两下，两点钟了。

大家都醉得利害。列夫琛珂输了，向大家要借钱。

——唔，滚你的蛋！再多我是不给的了。——卡拉谢夫说。

——我还你就是了。

——滚蛋！

——唔，你们都滚罢！

列夫琛珂站起来走了。卡拉谢夫也站起来要走了，他也输了。只有谢里曼一个人赢的。赌钱的兴奋过去了，大家在这个闷气的满屋子烟气的空气里，在这个又小又肮脏的屋子里，都觉得非常之疲倦，非常之衰弱。明天早上七点钟就要爬起来，重新又是这么一套。该死的生活！

卡拉谢夫走出去了。脑袋里面被酒醉和输钱的感觉扰乱得非常之不舒服，很想要些夜里的清鲜空气。似乎觉得失掉了什么东西，周围的一切都觉得不是现实的，不是应当有的情形，不是应当占的地位，而只是暂时的，临时的。

他站在梯子上听着。一大座房子里的人都睡着了，周围都已经非常的寂静。他设想往楼下去的扶梯，设想老板的房间——很大的，很宽敞的，桃木地板，弹簧家具，很高的天花板。那里现在已经睡着了：老板自己，他的老婆，孩子，仆人。

如果现在下边的门里面轻轻的走出那个很漂亮的丫头安纽塔，而在黑暗里碰着了他："呀，谁？""我……我……。"那又怎么样呢？他一定要抓住她的手。卡拉谢夫很紧张的闭住了呼吸，听着。每一秒钟他都觉得底下的门在响起来了。然而周围仍旧是静悄悄的。他感觉到非常之孤独。他走到自己的房间里去，脱掉了衣服躺到床上去，很疲倦的睡着了。

恩德雷也睡下了。他早就想好好的睡着，但躺下了之后，无论如何睡不着。受着酒精的毒的脑筋尽在病态的工作着，把睡梦都赶走了，不给他一刻儿安宁。白天里不以为意的事情——因为工作的关系，没有功夫想到的事情，现在出现在眼睛前面了，引起他的可惜和痛苦。一切都是刚刚相反的：很想要有个人亲热亲热，要幸福，要光明，要清洁，而在回忆之中只有些丑恶的畸形的景象。动作的需要，以及体力上多余的力量的紧张，——这种只有年青人才有的情形，总在不安宁的要求出路的，——而对于他，可已经被一天十四小时的工作所吞没了，被那药房里工作的机械，单调，烦闷，经常的谩骂，冲突，对于老板的毒恨和恐惧所吞没了。酒馆子，热闹地方，弹子房，家里的赌牌和“白烧”——燃烧着脏腑的酒精和酒性油。……周围都是死的，龌龊的，下流的。

为什么？

他不能够答复，他在被窝里呼吸着，觉着黑暗和狭隘的空间里空气都发热了，要闭住他的呼吸了。呼吸很困难了，他熬了一些时候，可是复来，熬不住了，他才把被窝推开些。窗子，椅子，堆着的衣服，睡在床上的卡拉谢夫的影子，在黑暗里面似乎现得更清楚了，然而这不过一忽儿的功夫，到了第二分钟，一切都表现着夜里的安静的那种不动不做声不清楚的样子。睡不着，想着自己的地位，想着药房，制药师，学徒，想着幸福。——远远的模糊的不可几及的美丽和新鲜，——不给他一刻儿安静；所有这些很奇怪的和夜里的环境，和屋子里的半明不暗的光线，以及沉寂的情景联系着。昨天的一天过去了，过去了，就这么在灰色的单调的日子里面消失了，只剩下一种忧郁的感觉，叫人觉得总有些什么东西缺少似的，而且正是生活之中所必需的东西，于是乎这一天只能够算是白过，不作数的。

一直到窗子上悄悄有一点儿发亮，窗子在黑暗墙壁中间已经更清楚的显现出来，而底下路灯里的火光已经熄了，——他然后睡着。可是他在梦里：也在觉着那种单调的永久是仇视的情绪，孤独，以及一去不再来的时间压迫着他。

岔道夫

A·绥拉菲摩维支 作

一

——哙！伊凡，快跑，站长叫呢！

伊凡是一个铁路上的岔道夫，四十岁光景的一个百姓，他的脸是瘦瘦的。疲劳的样子，满身沾着煤灰和油腻；他很慌忙的把一把扫雪的扫帚往角落里一放，立刻跑到值日房里去了。

——有什么吩咐？——他笔直的站在门口这样说着。站长并没有注意他，继续在那里写字。伊凡笔直的站着，臂膀里夹了一顶帽子。

他不敢再请问了，同时，在这时候的每一分钟对于他都是很贵重的：从今天早晨八点钟就是他的值班，要做的事很多，要收拾火车站，预备明天过节，要打扫道路，要管理信号机那里的指路针和链条，要擦干净所有的洋灯和灯罩，要加洋油，要劈好两天的柴，预备过节，还要把这些柴搬到火车站上的房子里去，要收拾头二等的候车室，——还有许多别的事情应当做的，都在他的脑筋中一件件的想着。已经四点多钟了，黄昏来了，应当去点着信号机上的火呢。

伊凡把自己的很脏的手放在嘴上，很小心的咳嗽了一声，为的要使那位站长来注意他。

——在信号机上的灯还没有点着吗？——站长抬起了头对他说。

——没有，现在我就去点。

——去点着来。在牛棚里要弄弄干净呢；那牛粪已经堆满着脚膝了，——从来都不肯照着时间做事的！因此牛的蹄会要发痛呢。

——第五号的货车过十分钟就要来了，——伊凡很小心的站着对他说。

——唔，送出车子之后，再去收拾……

——是，是，知道了。

反驳是不能够的了，伊凡把门带上了转身过去，就跑进了洋灯间。在极小的一间房间里，——小得像柜子似的，——架子上放着大小不同的二十盏洋灯，都擦得很亮很干净的。伊凡就在这里拿了几盏放在一只大铅皮箱里，走到信号机那里去了。

静悄悄的，冰冻的空气，风刮着耳朵，刮着脸和手；冬天的黄昏静悄悄的罩下来，罩在车站的屋子上面，罩在铁道上面，罩在一般居民的房屋上面。在雪地上的脚步，发出一种琐碎的声音。这里那里，到处都是一些做完了工作的人影儿来往着，这些人都在那里等着明天过节的休息，总算可以离开一下那些整天做不完的工作和永远忧虑的生活。

伊凡从这个信号机跑到那个信号机，把灯放进去。沿着铁道，这里和那里都点着了绿的红的火，而在天上也同时点着了许许多多的星，在透明的冬天的黄昏里，闪铄着，放射着自己的光线。

二

从很远很远的火车路上发出了一个单调的拖长而悲伤的声响：这个声响停在冰冻的空气里而凝结住了。伊凡倾听了一秒钟，然后跑到一间小屋子里抓了风灯和号筒，就尽力的沿着火车路跑到车站外面最远的那个信号机那里去，在荒野的雪地之中的那个信号机上面，亮着一颗孤独的红星。跑得这样远，总算到了信号机。伊凡抓着杠杆，用脚踏着，拔了一拔：那根链条轧轧地响了，铁轨也发着响声移到了预备轨道上。从远远的地方发现了一团乌黑的模糊的怪物，跟着这个怪物渐渐地长大起来了，愈看愈大，好像是从地底下爬出来似的。前面两支有火的眼睛闪着；现在已经很明显的听得见汽笛的声音，这个声音散布到各处，而在冰冻的空气里面凝住了，听起来，这声音似乎不会完的了。已经看得出火车了，它转弯了，它的笨重的身体在压着铁轨发抖，而那个不可以忍耐的叫声已经刺到耳朵里了，但是最后，这声音打断了，又短短的叫了三声。

那时候，伊凡把号筒放在嘴唇上，做出一种特别的样子，脸孔都胀得通红。号筒发出那种拖长而尖利的，愁闷而抱怨的声音，和着汽笛声，同那火车走进来的轰隆轰隆的声音互相呼应着。这些声音使人听了心都会缩紧呢。它延长得使人绝望——永久是同样的声调，在冰冻的黄昏里面，在平原的雪地里面，沿着无穷无尽的轨道传到遥远的地方去。

看起来，这个号筒的可怜的声音，仿佛在那里这样说：反正没有什么紧急的地方要去，在周围永久是那么个样子，在前面的车站，和已经走过的八九十个车站，都是一个样的，永久是那么样的车站的房屋，永久是那么样的汽笛声，月台，站长，职员们，岔开的预备轨道；在那里，也是一样的愁闷和烦恼，每个人只管自己的事情，自己的思想，每个人都在等着回家去过节，而又始终等不到，谁也管不着那些现在冻在车厢之间的接车板上的人，以及在那轰隆轰隆开动着的火车头的器械旁边，很紧张的望着远处的人。但是到了后来，那号筒仿佛想起了一个别的念头，愉快的简短的吹了三次：嘟……嘟……——嘟？……似乎在说：虽然是愁闷和烦恼，虽然永久都是一个样子。但是，他们总算可以跑到车站里去，喝一杯烧酒，吃几块不好的盐鱼，烘烘火，同车站上的职员谈谈话，而到了时候又上车子去了。要知道生活都如此的：劳动，劳动，从这一天到那一天，从这一星期到那一星期，从这一个月到那一个月，从这一年到那一年，也不知道什么叫休息，那是简直忘记的了。当你等着了上帝的节日的时候，也仿佛这火车到了很荒僻的车站上，这样等在那第三条预备轨道上一样的！

火车头仿佛听话起来了，它已经完全冲到了信号机那边，吹嘘着，喘着气，而它那鼻孔里放出来的白沫喷到两旁边，铺在冰冻的沉默的土地上。它仿佛开始停止运动了，一辆一辆的车箱磕碰着，推动着，缓冲板上发着声响。伊凡扳着那根杠杆，而火车忙碌着，磕碰着，钢铁和钢铁互相撞着响着，开始转弯到那预备轨道上。火车头走过了信号机，后来，接连的走过一辆一辆的货车，它们已走过了二十，三十节了，他们都是这样冲着，推着的走过去，难得看见几个工人的人影儿，站在车子上。这是很大的一列装货的火车。末了一辆的车子也走过了，它后面的红灯，在冰冻的云雾里面闪动着。

那个岔道夫追赶着火车，为的是要把火车移到最后的信号机那边的别一条预备轨道上去，虽然火车已经走得很慢，而且愈走愈慢了，可是，要追着它是非常之困难的。伊凡喘着气，觉得自己的脚在发软了，他追随在最后的一辆车子的旁边，没有力量能够去握住车辆上的拉手。他去握了两次，但是冻得发了麻的手始终滑下来，他几乎跌倒在车轮下面。最后的一次，总算他跳上了车上踏板，拉住了几分钟，动也不敢动的握住了拉手，几乎他要呼吸都不可能。火车走得非常慢了，经过车站，月台很沉静的往后浮动。

岔道夫跳了下来，追过火车，跑向木棚那边去，这木棚里汇聚了几个信号机上的链条。——“唉，见鬼！”——他抱怨的说，总算追过了火车头。他很快的跳进了木棚，那边竖着一大堆的信号机的杠杆。他在这里扳了一根，火车就走上了预备轨道，简直站在田地的旁边离着车站更远了；它应该要他这里等着，让邮车过去。岔道夫又把杠杆扳了一扳，把轨道接到大路上去，邮车应该要在这条路上走的。

“唉，现在，可以去洗牛棚去了，”——他这样决定，他经过车站走向后面的房子里去。

——你到什么地方去？——副站长对他说。

——站长命令我，要我去洗牛棚……

——月台为什么不去扫呢？

——站长命令要去……洗……

——早就应当做好的，明天要过节，在我们车站里走都不能走了，肮髒可以堆满脚膝。现在就去扫！

——是，是，是。

副站长走了，但是他停下来又叫起来了：

——在晚上你要给我拖柴来，要够两天用的。不然，你们这些酒鬼，到了过节的那两天，连尾巴都抓不到了。

——是……是……是。

副站长去了。伊凡拿着扫帚开始扫月台去了——“出奇的事”！——他拿着扫帚使劲的从右边扫到左边，自言自语的说，“只有我一个人，现在要劈开来做。就是长出七个头来也是不够的……”

——唉，伊凡。

——有什么吩咐？——岔道夫说着，跑到行李房的门口去，在那里站着一位行李房的主任。

——你到什么地方去了，鬼把你迷住了，发什么痴还没有到过节就赶紧去嚼蛆了；到现在，头等车室里的灯还没有点着，客人们已经开始来了，那边还是乌黑大暗的。不愿意做，就滚你的蛋！……

——记是记得的，瓦西里·瓦西里维支。伊凡·彼得洛维支[①]命令我去扫月台；而站长老爷要我去收拾牛棚……

——月台，月台，早就应该做了……现在去点灯罢。

——是……是……是。

伊凡放了扫帚跑到头等车室去点灯，这里客人已经

① 副站长的名字——译者。

聚集了；看他们的神气和举动，看他们在屋子里走来走去付钱给挑夫，伊凡已经看得出他们的样子是在沉默的等待着节日到来；他们可以离开一下工作和思虑，去休息休息了。

伊凡点了灯，跑到月台，扫好地。总算扫好了月台，他恐怕又有什么人要来差遣他，或者还有什么事要他去做，他就赶紧跑到柴间里去。劈好的柴是没有，——要劈起来。伊凡就起劲的做着工作。应该要预备好车站上一切房间里要用的柴，这还不算：还要劈好些柴送到站长和副站长的灶间去。固然他们自己有用人，本来这些工作不是他一定要做的。——他必需做的，只是看守信号机和铁道的工作。然而上头有命令——也就逃不了。伊凡挥着斧头，哼呵哈呵的劈着柴，柴爿尽着散开来。大堆的柴爿一点点的多起来了。

“应该够了罢”——他想，为得要快点做完，快点送出去，他把柴捆做很大的捆头。但是，当他把捆好了的柴放在背上的时候，他感觉得太多了。他背着很重的柴，弯着背，摇摇摆摆的扶着墙壁和门框走着。他始终不肯丢掉一些，要快些做，要一下子都送完才好。他把四捆送到车站屋子里去了；可是，在二层楼的站长和副站长那里，应该还要送去，这是最困难的工作啊。腿在弯下去了，脚在抖着。很紧张的，他勉强的一步一步走上扶梯去，每一分钟他都在恐怕要连人连柴一起滚下扶梯去。总算他走到了副站长的灶间里，把柴卸下来。

——为什么这样晚才拿来？我为着你等在这里，收拾不完了，地板又不能洗，一切都堆在一起了，——副站长的厨娘迎着伊凡说，这位厨娘最会吵闹，同人家是合不来的，她有着一个红鼻子，常常是“上足了火药的”①。

伊凡也发恨起来了。

——是的，你不会早一点嚼蛆，早一点叫喊的么，什么晚不晚！我是应该替你受气的，还是什么？

——嘿，你，这个酒鬼！嘿，你，这个倒霉的家伙！你这个鬼东西，咒你这个该杀的，该杀的，一万个该杀的！以后，我不准你这个烂畜牲的嘴脸上我的门槛！是的，我立刻就告诉东家……——厨娘做出一种很坚决的姿势要走进房间去。

伊凡怕起来了。

——马克里达，史披里多诺夫娜，请原谅……我对你，要晓得，总是很敬重的，我很高兴……我来帮你把洗的东西拿出去，好不好？

还没有等她的回答，他就拿了盆子跑去倒掉了水，那位史披里多诺夫娜就软下来了。

---

① “上足了火药”是“发气”，“起劲”的意思——译者。

——唔，拿水来罢。

伊凡拿了水。

——要烧茶壶的柴劈一劈罢？过节的日子，就没有功夫了。

“唔，蛮横的婆娘，拿她有什么办法。”——伊凡劈着柴，想着——“上帝，人家气都喘不过来，她还要……一点也没有办法：她要去告诉的。”

他做完了，嘴里咕哩咕噜的说着：“把人来当作马骑了”，就走到牛棚里去，在那里，站长的牛站着，它似乎很感伤的在那里嚼着胃里反出来的东西，很冷淡的对着走进去的伊凡看看。

喂，木头！——伊凡叫了一声，——你这个帅包，旋转身来！他用着铁铲子用力的在牛身上一打，那只老实的牛移动了一下，举起了他那受着伤的一只脚。伊凡就开始作工了，他发狠的搬着牛粪。

——这样多的牛粪从什么地方来的！只晓得贪吃，拉屎。要是多给些牛奶还不用说了，不然简直是枉吃了这些草料。即使给我镀了金，我也不愿意养这样的畜生。站长是……怕在市场上牛奶太少吗？只要有钱，去买好了。养这样的贪吃货，它要把他吃穷了。只要看一看牛粪就堆了这样多！呵……呵……这个怪物要杀死你才好！

他又用铲子狠心的打着那只并没有犯什么罪的牛，

那牛也不知道为什么它要受着这样的处罚，它只是避到墙壁那边去。

伊凡的汗都流出来了，他觉得非常之疲倦，疲倦得再不能工作下去的样子；但是，应该要做完它的，不然，真要命了。

总算把粪搬完了。伊凡又在牛身上打了两下，才把铲子放在壁角落里，跑到车站上去了。

三

刚才到的货车上的看车夫，在杂货摊的桌子旁边烘茶壶。伊凡跑到桌子边，拿了一杯烧酒，喝了，咳着嗽，咬着一块有臭气的盐鱼，他另外又买了一瓶酒，为的要到家里去好好的过一过节。把那瓶酒塞在袋里，他就跑到那间木棚里去，拿锁匙和锤子，要在邮车未到之前去看一看铁轨，他走着又停下来了，想了一想：假使把酒带了去呢，那末可以打碎了这瓶高贵的酒，如果放在这木棚里呢，那末换班的人会发见的，并且一定要偷去的，——他的鼻子像狗一样的灵。“把酒送回家里去罢”，——伊凡决定了，离开铁路很急忙的就跑，从铁路跑到那间小房子有三十码光景，在那里亮着的小窗子似乎正在欢迎他。

伊凡在窗子里望了一望：小房里一个大火炉常常是很脏的，不舒服的，瓶瓶罐罐挤做一堆，还有一切家常的废物，——现在已经收拾好了，地板上已经刷过，墙壁也刷白了，占了半房间的火炉上面画着蓝色的雄鸡，在壁角前面神像底下的那张粗蠢的桌子上面，盖着很清洁的桌布。在神像那里，点着蜡烛，发闪的光照着很低的天花板，蓝色的雄鸡和小孩子们的光头。伊凡有八个小孩；有一个还在摇篮里摇着。

孩子们很焦急的等着父亲回家吃夜饭，虽然他们的头已经向下垂着尽在打盹了。这些蓝色的雄鸡，刷白了的墙壁，摆着的桌布，——一切一切给了伊凡一种休息和安宁的感觉，这休息和安宁是在等着他。

他敲着那窗门，主妇出来了。

——什么人？——她看着天上微弱的星光而问道。

——拿去，放在木棚里要给别人偷去的。

——难道你值班完了吗？

——没有，现在就要去看铁轨的。

——值班之后，不要长久的坐在那里，小孩们要睡觉了。

——过半点钟就来，一下子邮车就要来了——送走了这班邮车我就回家。

伊凡重新赶快的跑到铁路那里去，拿着手提灯照着，拿锤子敲敲，沿着轨道走去，旋旋活动了螺丝钉。他看看信号机，试试信号机的链子——一切都很好的，——他就跑到车站上去了。

四

沉重的一列邮车，用着两个车头，很响的轰隆轰隆的开过来了。雪的旋风在他的车轮之下卷着，一股股的黑烟从他的车头的两个烟通里喷出来，两边的白汽喷到很远的地方，车子里的人都挤得紧紧的。管车的人从这辆跑到那一辆的走着，收着票子。在前面车头上的汽笛很粗鲁的叫了起来。

旅客们拿下了架子上面的箱子，包裹，卷好了枕头，火车开始停下来了。车轮上的制动机轧紧来，发出了咭哩卡拉的响声。

火车刚刚走近月台，伊凡照着站长的指示敲了第一次的钟，——在此地只不过停车两分钟，——他很快的跑进了行李车箱里，立刻就拖出在此地下车的旅客们的行李。

他用尽力量搬出箱子皮包等等，寻找所需要的号码，把背下来的行李放在小货车上，送到行李房去。

——伊凡，你见了什么鬼！第二次的钟声呢，人家给你说……

小小的钟声很明白的敲了两次。

——快跑，把开车记号拿出去！

岔道夫拿了“记号”，推开别人，沿着月台跑到火车头那边去。火车很长，要经过整列车子，才赶得着火车头。司机工人从自己的位置上弯出身子来，接了伊凡手上的“记号”。伊凡跑得喘气了。

——第三次！……——他感觉得他的心在跳着，他重新跑到钟边敲了三下。总管车把叫子一吹，车头上的汽笛发怒似的不愿意似的叫了起来。火车就向前一冲，发出了铁响的声音，开始走动了。月台向后面退，而那些车子摇动着，——轮子很合拍子似的敲着铁轨，——一辆一辆的沿着轨道开过去了。

伊凡可以轻松的透一口气了。他是隔一天值一次班的。每次在晚上十点钟的时候，总是那样的要把自己劈开来才来得及：要卸下行李，要敲钟，要拿开车记号给司机工人，要跑过去开开信号机，这是说：他每次所做的工作至少应当分作两个人做的事。这样的工作，他已经继续做了二十二年。

这二十二年把他的精力都吃光了。他觉得他自己仅仅能够做的，而且将要终生终世做的，就只有这些：——跑到信号机那边扳动信号，敲敲钟，点点灯；他认为这些工作是最容易的最适当的最好的工作了。他感觉得除此之外，他也没有别的能力，没有别的用处了。他有八个孩子，而他每一个月只得到十五个卢布。因此他在跑到信号机，送出火车，点着洋油灯，收拾牛棚，打扫月台的时候，他总带着一个同样的思想和同样的感觉：就是恐怖着——“没有什么做错的罢，没有什么做得不谨慎的罢，没有什么意外的事发生罢。”二十二年的工作做得他这个样子的了；“或许可以换一个环境”的念头，从来没有跑到他的脑袋里去过。除出铁路上的工作日程，车站，轨道，月台之外，对于他是什么也没有的了。在晚上十点钟送出邮车之后，他的值班完了，只在这个时候他可以轻松的透一口气，压在他背上的恐怖，和等待着什么不平的事会发生的重担，可以离开他了。

今天就到了这时候了，当火车走过月台之后伊凡就感觉异乎寻常的疲倦，这种疲倦当他在值班之后常常会有的。他感觉得这个时候，他的那一副重担总算卸下了，他举起了右手正要在胸口划十字[①]，忽然他的手凝住了，一个恐怖的思想烧着他的心头：当送走货车之后，他忘记把信号机的杠杆扳到大轨道上来，邮车现在要走这条大轨道了。整个的恐怖，整个的责任心的绝望抓住了他，他抛了帽子，带着苍白的脸色，赶快往前追赶那边远远的，正在走的火车后面的红灯。

已经迟了！……啊，啊，在淡白的黄昏的夜色里，在轨道上两个不动的凶恶的巨大的东西要相撞了，要发出震聋的大声，冲向天空去了，而且不像人的叫喊要充满冰冻的冬天的夜晚。

为的要避免听见这种声音，伊凡就跑到在旁边的一

① 希腊正教的礼节，一般的俄国人都常常做的——译者。

条轨道上面去，——沿着这条路在这个时候正走着一个预备车头。他喘着气，他跑到那里倒在一条铁轨上，——走近来的车头上的很亮的反射灯，正照耀着这条铁轨。

在这几秒钟之内，他生活里的一切，他被反射灯照耀进去了，站在他前面的，是今天一天的“完结”：值班……月台……灯……柴……牛……有蓝色的雄鸡的壁炉……孩子的光头，决定命运的信号机！……

在这个非常紧张的时候，忽然在他面前很奇异的很清楚的记起来了：他扳过了信号机，扳到了大轨上去了的……我的上帝，他把信号机放得好好的！……他记错了，而且邮车也很平安的沿着大轨道走过去了……

伊凡绝望的喊了一声，用尽力量要从轨道上滚开去，但是，在这最短的一秒钟，车头已经冲来了，整个的钢铁，烧红了的煤和……都在他的身上卷过，而截断了他的呼吸。

五

预备车头上的司机，站在自己的位置上，望着前面迎上来的，被很亮的光照耀着的轨道。一个一个信号机闪过去。他拉着汽笛叫了几声。轮子在交叉路上碰着轨道发出转动的声音，绿色的灯火闪了过去，木棚在黑暗里现了出来，一忽儿又不看见了。他忽然间像发狂似的跑到调节机那边，而且叫出了好像不是自己的声音："停车"，而副手自己也已经用尽了一切力量扳着煞车机的机关，要把车停下来。

——上帝呀。有什么人轧死了呢！……

煞车的制动机和车轮都发出了响声，水蒸气从开开的管子里飞出来了。从车头下面发出了一种非人的叫喊："阿唷"……一下子没有了声音了。车头还冲了丈把路才停止下来。

司机工人和副手都跳了下来，在底下看不见什么，在黑暗之中很大的风刮过眼睛。副手跑去拿了风灯照了一下：看见在铁轨中间，摆着轧断了的两个脚掌，在车头之下的轮子外面，看得出有一个人在那里。

——看呀，轧死了人，圣母娘娘……

副手到过了车站上，许多人跑来了。车头向后退了一些。有人侧着身体去看那躺着的人：

——死了！

大家都静默着脱了帽子，划着十字。伊凡动也不动的躺在轨道中间。他的头很不自然的曲在旁边，突出了眼睛。风灯的环子套在他右手上面，手腕上已经裂开的皮肤一直勒到了肩膀上，像一只血的袖子，手臂已经在肩头那边拗断了，弯在头的后面，而左边的肋骨深深的压进了胸膛。

在群众之中听得很低很慎重的说话：他们在问着，为什么发生这种不幸的事，是不是他喝了酒，机器压上他的时候，他叫了没有？什么人都不能够解答出来。

这只有我看见了的，——司机工人震动得连声音都变了，他对周围的人说，——我看见信号机上的灯光闪动着；我想要立刻停车了；刚要转身过来，一看他在那里，在风灯的旁边……我叫了……上帝……而他叫得……我眼睛里发黑了，明知道在车头之下有个人在那里，但是我一点也没有办法了……——司机的声音打断了。

一阵风吹过来了，响动着，一股白雪卷过来散在死人和站着的人的身上。在车头上压住的蒸气，吓人的沸腾起来。司机走到车上自己的位置里，扳了一扳机器上的柄：蒸气突然的冲在底下了，和暖的温气裹住了大家。

——他走过去，自己都没有想到，大约他是走到信号机那里去的；车头滚在他上面了。

——你看那个号筒都压得这个样子；他自己大概被风灯札住了，身子转了过来，不然他会轧成两半个呢。

一下子又恢复了沉默。风又卷起了一阵雪，响动着。

——叫人去报告站长没有？

——刚才去了。

——他的老婆会大哭——还有八个小孩子呢。

从车站里出现了灯光，在黑暗中已经看得见人们的侧影。站长跑来了。一堆的人群散开了一下。站长把职员手里的风灯拿过去，照了一照死人的身体：在一忽儿，那亮光闪过站在那里的集中注意的人们的脸上，闪过铁路的轨道和枕木，落到了受苦的变相的死人脸上。不会动了的死人的眼睛突出在那里。站长微微的转身了一下，命令他们收拾尸体，放到空的车子里去。

拿了板床来；抬起了尸首；他已经僵了，轧断了的手一点没有气力的垂下了，宕着。

——怎么呢，得拿齐了……抬的人之中有一个很谨慎的说，——仿佛说不出似的。

——在那里，——副手指着那黑地里。

一个人拿着灯沿着轨道向前走了几步，看得见他在那里，低下身去拣了什么起来，回转身来很注意的把轧断了的脚放在板床上。

死人抬走了，放到了空车子里，这辆空车子很孤独的站在预备轨道上。

在当地出事的纪录里面这样写着："十一月某日在某某站的铁路上，夜里十一点钟，五号预备车头开进车厂的时候，轧死了一个自己不小心的值班的岔道夫，农民[①]伊凡·葛腊西莫夫·彼里帕莎夫——沃尔洛夫省，

① 帝俄时代"农民"在公文上是一种身份的称呼，一般的总有"农民"某某，"市民"某某，"贵族"某某的头衔；不论资本家，工人，医生，……都有这种指明"出身的身份"的称呼。——译者。

狄美央诺夫区，乌里英诺村人。”

六

早上十点钟以后，大家在月台上散步，他们在等待着火车；此地已经接到了电报，说火车已经从前一站开出来了。旅客们拿好了箱子包裹篮子从车站的客堂里出来，走到铁道那边的月台上去，都望着火车要来的那一方面。宪兵们的马靴上的靴刺响着，他们很小心的带着怀疑的望着周围。装行李的小车沿着水门汀路拉过来，推开了来往的行人。灌油的小工拿着长长的锤子和漏斗，很急忙的跑来，虽然很冷，他还只穿着一件沾着油迹的，没有带子的蓝布短衫。站长走出来了，是很胖的一位老爷，戴着红色的帽子和金丝边的眼镜，头稍稍向上仰着，看起来，他是一位时常发惯命令的人。

在这个时候，一个女人从人堆里穿出来，她不断的望着，仿佛她要找寻什么人似的。她的脸和眼睛都是红的：在稀少的睫毛上面，在发肿了的仿佛少许有点擦破了的太阳穴上面，堆着孤苦的眼泪，直流下来。她竭力的要想熬住它，用包头布的边缘不断的揩着，时常把眼睛躲在包头布后面。但是她一见了站长，熬不住的眼泪就从她的眼睛里落了下来，她走到他前面，捏紧了在手里的包头布按着嘴巴，像要说什么，但是她熬不住了，忽然间意外的哭声，充满了车站，因此大家都无意中的来看她，站长很不好意思的稍微蹙着额，皱着眉头：

——为什么这个样子，你为什么，老太婆？

——呀……呀……上帝，轧……杀……轧……杀……

周围的人都来看了，一个跟一个的伸长了颈项，竭力去看站长和哭喊着的老太婆。

——她为什么哭？——互相的问着。

——昨天这里有个人轧死了，他们这样的说。

“穿得清洁”些的人离开了，远远的看着发生着的事件。

——为什么是这个样子呢？

——昨天死的岔道夫的老婆，——在胸前挂着铜牌子的一位瘦长的职工对着站长解说。

——你要怎么样？老太婆？

——我的天老爷……现在怎么办？……想也想不到的。猜也猜不到的……他昨天值班时候还奔回去了一次……说就来……就来啊……啊……——当她说着丈夫说“就来”的时候，她又熬不住了；她两只手捧着自己的瘦小的胸膛，像发精神病似的号哭起来了。

——跟我来！——站长叫她，他向车站里走去，要使那女人离开群众。

她跟在他的后面，低着头，仍旧那样的抽搐的哭着。

——你究竟要什么，帮助你些什么？

——老爷，现在，我同这些没有了父亲的小孩子，怎么办呢，饭都没有吃……求你开开恩，铁路局里能不能够帮助我点什么呢？

站长从袋里拿出钱包，给了女人三个卢布。

——这是我自己拿出来的，懂吗？我给的，用我私人的资格给的，随便罢，当作别个人给的也一样；而铁路局里一点都不给的，它不负这样的责任的。——你的丈夫是自己不小心，轧死的。他不小心，懂了吗？铁路局是不负这样事件的责任的。

——我们怎样办呢？……听说可以请求抚恤费的，不然，我同小孩子们只好饿死……基督上帝请求你，开开恩罢，不要不理我……——

——给你说过了：铁路局不负这个责任的。你解说给她听，——站长对着走过来的一位管车的说，——局里是一点都不给的。当然的，可以去上诉，但是没有什么用处的，不过枉化金钱和时间罢了。

站长出去了，女人站在原来的地方，她的哭声咽住了，她在发抖。不断的用包布头擦着眼睛和红的湿的脸。

——唔，怎么，亚列克谢耶夫娜，现在走罢，站长说过不能够，是不能够的了。他自己能够帮助多少，已经给了你，总算是好人，路局方面是不负责任的。要是这是路局不好，那自然可以上诉的，可是现在这样是没有办法的了。唔，走罢，走罢，亚列克谢耶夫娜，火车马上就要来了。

她一点不做声的走了，站在月台上的人，看见她沿着铁路走过去，一个宪兵对她说："走过去，走过去，——火车立刻来了。"后来她从铁轨旁边走下去了。在那时候，她的包头布还从车站园子里的枯树里闪过，后来她就消灭在最后的几棵树的外面了。

革命的英雄们

D·孚尔玛诺夫　作

一九二〇年的八月初，乌兰该尔[1]派了几千他的精兵从克里木向古班方面去。指挥这个部队的是乌拉该——乌兰该尔的最亲密的同事的一个。这计划的目的，是在鼓动古班哥萨克，来反对苏维埃政权，仗了他们的帮助，将这推翻，并且安排由海道运送粮食到克里木去。白军在阿梭夫海岸的三处地方上了陆，自由自在地前进。没有人来阻碍他们的进行，他们挨次将村庄占领。于是渐渐逼近了这地方的中枢，克拉斯诺达尔市了。

古班就纷扰起来。第九军的各联队，好像刺毛似的布满了各处，还编成了工农自卫团和义勇兵的部队。独有克拉斯诺达尔市，却在这不太平时候，准备了六千自

① 白军的将军——译者。

愿参加战斗的劳动者！

乌拉该的部队向前进行，又得意又放心， 面天天等着哥萨克的发生暴动，成千的，而且成万的来帮他们。他们等待着义勇的哥萨克联队，他们等待着红军后方的恐怖行为，他们等待着援军，敌人的崩溃和消灭。

然而什么也没有发现。哥萨克们因为经过了内战的长期考试的磨炼，都明白红军的实力和苏维埃政府的稳固，不会相信乌拉该的冒险的成功了。所以他们就非常平静，毫不想到忙着去帮白系将军去。自然，有钱的哥萨克们，是不很欢迎粮食税的，他们也不高兴禁止自由买卖和贫农的无限的需索——但是虽然有这些的不满，他们却不敢再像一九一八年那样，对于有力的苏维埃政府去反抗了。但事情即使是这样，白军的侵入却还是很厉害。于是大家就必须赶紧将敌军防止，对峙起来，并且用竭力的一击，将他们消灭。

“不是赶走——而是消灭。”那时托罗茨基命令说。古班便即拼命的准备，要来执行这新的重要的任务了。

到八月底，敌人离古班地方的首都克拉斯诺达尔市，已只四五十启罗密达①了。这时便来了托罗茨基。议定许多新的紧急的策略，以排除逼近的危险。后来成了最重要的那一个策略，也就包含在这些里面的。一队的赤

① 1km 约中国三百三十丈——译者。

色别动队[1]，派到敌军的后方去了。红军的一小队，是用船从古班河往下去，以冲敌军的背后。他们须下航一百五十启罗密达，才能到乌拉该的司令部。同志郭甫久鹤[2]被任为别动队司令，大家又推我当了兵站部的委员。

我们的任务，是在突然之间，出乎意料之外的给敌军一下打击，使他们出不得头，发生一种恐怖——简短的说，就是要给他们碰一个大钉子。

计划是成功了。

古班的内海上，停着三条船："先知伊里亚"，"盖达玛克"和"慈善家"。都是很坏的匣儿，又旧，又破烂。好容易，一个钟头才能前进七启罗到八启罗。我们这赤色别动队，就得坐在这些船和四只拖船上，向敌军的后方去。

海岸上面，整天充满着异常的活动。必须在几个钟头内，将兵丁编好，武装起来，并且准备着行军。又得搬运粮食，而且还有事，是修理那些老朽的——对不起得很——船只。摩托车来来去去的飞驰，骑马的从岸边跑进市里去，我们所有的两尊炮，也发着大声搬下去了。

---

① 属于别动队的，又编成一个小队，用船送到某一方面去，以备在该地方施行战斗的行动——作者。

② Kovliuch，即《铁流》中所描写的"郭如鹤"，实有其人，今尚在——译者。

装着小麦，粮草和军器的车子，闹嚷嚷的滚来。到了一队赤卫军，率领的是一个没有见过的司令，他们立刻抓起那装得沉垫垫的袋子和箱子，驼在肩上，运下船去，消失在冷藏库的黑洞里了。搬弹药箱是两个人，更其沉重的就四个。很小心的拿，很小心的搬，很小心的放在冷藏库里面——司令叫过的：要小心！不要落下了弹药！但在搬运那大个子的罗宋面包的时候，却有的是欢笑和高兴了。它就像皮球一般，从这人抛到那人的手里。这传递面包于是也成了比赛，都想显出自己的适当和敏捷来。重有二十磅的大面包，也常常抛在那正在想些什么，没有注意的青年的头上，但便由他的邻人，早经含了嘲笑，看着这有趣事情的接住了。

有一回，一个人站在跳板上打了打呵欠，他的帽子就被谁打在水里了，看见的人们都大笑起来。“这是风暴啊，”有一个说，“这是连衣服都会给剥去的。”

“你呆什么呀，赶快浮过去罢，还不算迟哩。”另一个说，还有第三个想显显他的滑稽，便指着船道，“试一试罢，你坐了船去，该能捞着的。”自从出了这件事，我们这些家伙便都除下了帽子。站在岸边的就将它抛在地面上，别的人们是藏在衣袋里，塞在皮带下或另外什么处所去了。

装货还没有完。新的部队开到了，是活泼而有趣的队伍。他们随即散开，夹在人群中，而且也随即开始了跑，拉，骂和笑。

手里捏着工作器具，工人从工场里跑来了，他们说着笑话，和赤卫军谈着天，也就消失在船的肚子里。岸上到处是小贩女人卖着西瓜。多汁的成熟的西瓜。矮小的少年，又干练，又机灵，嚷着，叫着，到处奔跑，用唱歌似的声音兜售着烟卷。闲散的看客，好事的昏人，在岸边站成围墙，莫名其妙的在窥探，无论那里都塞进他的鼻子去，发出愚问，竭力的打听，并且想从我们这里探些底细去。如果他们看饱了，就跑到市上，去散布最没常识的消息，还要确证那些事情的真确，是他在那里实在“亲眼看见”的。

不消说，这里是也有侦探的，但他们也参不透这显得堂皇而且明白的准备的秘密。——很堂皇，很明白，然而却是很秘密。这些船开到那里去，这些船装的是什么人，开这些船为了什么事，在大家都是一个秘密。连我们的司令，我们负着责任的同事们，也没有完全知道的。

我们工作的成功的第一条件，是严重的守秘密。秘密是必须十分小心的保守起来的，因为倘使在克拉斯诺达尔市里有谁一知道——三个钟头以内，乌拉该的司令部也就知道了。为什么呢，为的是在内战时候，白系的哥萨克们已经清清楚楚的懂得了运用他们的“哥萨克式乌松苦拉克”（乌松苦拉克是这地方的一种习惯之称，有人一知道什么事，便立刻告知他的邻居，即使他住的有好几启罗密达之远，也前去通报。契尔吉斯人如果得到一点消息，便跳上他的马，向广阔的平原，危险的山路飞跑而去，虽是完全不关紧要的事件，在很短的时间中，连极荒僻的处所也早已知道了）。假使乌拉该预先晓得一点我们的登陆的事，那么我们的计划就不值一文烂铅钱。他马上会安排好“客气的招待”，用几个水雷，十枝或十五枝枪，一两尊炮，古班河便成了我们大家的坟墓了。因为在狭窄的河里，想逃命是做不到的。

秘密被严守了下去。

好事之徒的质问，在一无所知的人们的莫名其妙的唠叨话上撞碎了。战士呢——是既不想听新闻，也毫没有什么牵挂。只有尖鼻子而满脸雀斑的炮兵柯久奔珂，问过一次他的邻人道：“去救，救什么？”“这很明白，总不是自己。”那邻人不满足似的打断了他的问。交谈也就完结了。

红军士兵全是童话样的人物。彼此很相像。都是义勇劳动者，工人团的团员，党和青年团的同志。一句话——是青年，能和他们去干最重大的计划的。

我们一共有枪八百枝，长刀九十柄，机关枪十架和轻的野战炮两尊。是一枝小小的，但是精练的部队。

午后——不到四点钟——开拔的准备统统齐全了。装着弹药的最末的一个箱子已经搬下，摩托车装在舱面上，跑得乏极了的马匹也都系好，人们就只在等候医药品。然而关于这东西，是总不过一件伤心故事的。等来等去，到底等不到。于是我们也就出发了，几乎毫没有什么药品和绷带材料的准备。

跳板抽回到汽船和拖船上，湿漉漉的肮脏的绳索也拉起了，一切已经准备好……

小贩女人将卖剩的西瓜装进袋子里，抗在肩上，恨恨的骂着走掉了。岸上空虚起来，打着呵欠的人堆都纷纷迸散。拖船上面，抛满着大堆的鞍桥，袋子，绳索，马草，西瓜，背囊和皮包，我们的战士都勉强挤在空隙中，躺的有，坐的有——镇静，坦白，而且开心。

一只货船里，克拉斯诺达尔的年纪最大的共产青年团的团员介涅同志，挂下了两条腿，直接坐在舱面上。他排字为业，是十八岁的青年。脸相是上等的，长一双亮晶晶的聪明的眼。他拉得一手好胡琴，跳舞也很出色，还会用了好听的声音，自由自在地出神地唱歌。“康索谟尔的介涅”是就要被送到艺术学校去，在那里受教育，培植他出色的才能的。然而恰恰来了乌拉该，再没有工夫学——只得打仗了。这青年却毫不踌躇，抛弃了他的夙愿——勇敢而高兴地去当了义勇军。当在康索谟尔募集义勇军的时候，他首先去报名，丝毫也没有疑虑。倒相反——提起了所有的他的感情，他的意志，他的思想，在等候着强大的异乎寻常的事件。他还没有上过阵，所以这事在他便觉得很特别，而且想得出神了。

介涅不作声，唾在水里，诧异似的看着小鱼怎样地在吃他白白的牛乳一般的唾沫。他背后蹲着水手莱夫·锡觉德庚。眼睛好像猫头鹰，又圆，又亮，平常大概是和善的，但有必要时，就冷酷得像铁一样。剪光的头，宽阔的露出的胸脯，晒得铜似的发黑。锡觉德庚默默的四顾，喷出香烟的烟气，像一朵大云，将拳头放在自己的膝髁上……

靠着他的脚，躺在干草堆上的，是一个勇敢的骑兵，黑色卷头发的檀鞠克，是很优雅的白俄罗斯人。在这船上，檀鞠克所最宝贵的东西，是他的黑马。这马叫作“由希”。他为什么叫它由希的呢，却连他自己也说不出——但这一点是确凿的，因为檀鞠克如果“由希——由希——由希”的连叫起来，就仿佛听到他非常爱听的口笛一样。他也就拍手，跳跃，舞蹈，一切东西，对于他都变成愉快的跳舞和口笛了。这负过两回伤的“由希”，曾经好几回救了它那白皙的骑士的性命，即使哥萨克用快马来追的时候，它还是给他保得平安。檀鞠克坐着，圆睁了眼睛，正在气喘吁吁的咬吃一个大西瓜，向旁边吐掉着瓜子。

他的身旁站着曲波忒——骑兵中队长。是一条莽大汉，那全体，就如健康和精力所造就似的。在他的生涯中，已经经历过许多事。不幸的家庭生活，一生的穷苦，饥饿，还有从这市镇到那市镇，从这村落到那村落的长久的彷徨。从大俄罗斯的这一边境到那一边境。然而没有东西能够降伏他，没有东西侵蚀了他那老是畅快的心境，他的兴致，可以说是庆祝时节一般的人生观。他对什么也不低头，什么也不会使他觉得吃重，什么也不能使他做起来怕为难。

这汉子，令人看去就好像一向没有吃过苦，倒是终生大抵是一篇高高兴兴的，很少苦恼的历史一样。

他的眼光很澄明，他的优雅的脸很坦白。而敢于担任重大工作的创造底欢欣，一切都带着生活底兴趣和坚强不屈的意志，来灌注了他性格的全体。曲波忒站着在微笑——确是觉得自己的思想的有趣了罢。他是能够这样地凝眺着古班的河流，站立许多时候的。

还有那短小的，满脸雀斑的柯久奔珂也在这处所。是一个瘦削的，不见得出色的家伙，如果用了他那又低又浊的声音一说话，他就显得更加渺小了。这可怜人是有肺病的，而这可怕的病又一天一天的逼紧起来，好像要扼死他一样。虽然也曾医治过，然而并不久——暂时的，断续的，而且是错的。柯久奔珂明白着自己的苦恼。他知道自己的日子是有限的了，每当独自一个的时候，他就悲伤，忧郁，想来想去。但一到社会里，有许多伙伴围绕他，他却多说话，而且也爱说话了。对于所有的人，一切的事，他都来辩论，总想仗了自己比别人喊得还要响，压倒了对手，来贯澈自己的主张。然而他是真意，是好心，使人们也不会觉得讨厌。如果激昂起来，他就“发吼”——正如曲波忒给他的说法所起的名目那样。于是别人便都住了口，给他静下去。大家是因为对他有着爱情，所以这样子的，在脸上，可都现着一种讪讽的熬住的微笑。

“呔，鬼，静静的。”檀鞠克一看见他的由希正要去咬旁边的一匹阉马的时候，忽然叫了起来。

由希站定了，回转头来，仿佛在想那说给它的“话语”似的，将它的又热又软的耳朵动了几回，便离开了那阉马。

“你瞧！”檀鞠克得胜似的大声说。

“什么‘你瞧’呀，”曲波忒含着嘲弄的微笑，回问道。

“你没有看见它是懂得话语的么？”

“我没有看见。它只还是先前那样站着罢咧。”曲波忒戏弄着他，说。

“它想咬了哩，你这昏蛋！”

“那是都在想咬的，”锡觉德庚用了很诚恳的态度，说明道。

暂时充满了深的沉默。

“同志们，”介涅忽然转过脸来了，“一匹马和它的主人弄熟了，他的话就全部懂，这真是的么？”

“你刚才就看见了的。”檀鞠克便开始说。

“自然，”曲波忒发起吼来——打断了檀鞠克的话。“如果你说一句‘走开去’罢，他会用了马掌铁，就在你肚子上狠狠的给一下的。要不这样，它才是懂得一切的话语。而且，即使……”

“唉唉，那自然，同志们，它懂得！”柯久奔珂夹进来了。“不过总得给它食料。马只要从谁得到燕麦，它也就服从谁……是的！只对这人，对别的谁都不。实在是这样的，例如我的父亲有一匹黑马，他们俩是好朋友。那马给我的老头子是骑得的，可是对于邻居——那姓名不管他罢——哦，安梯普，它却给在手上咬了一口……但是遇见父亲呢，它可就像一只羊。”

“这是一定的，”介涅附和着他说。“谁给它食料，它也就爱谁。爱会懂得一切的。你打它一下看，你以为它不懂得么？它很懂得的！它就恼怒你。就是马，也会不高兴的呀。然而倘若你摩摩它的鬃毛，那么它就‘笑’，静静的，还求人再得这么干。那里，那里，兄弟，它是什么都懂得的。”

“不错，一点不错，”檀鞠克和他联成一气了。

岸上走着一个姑娘。她的头是用玫瑰色布裹起来的。她向船上看，像在寻谁模样。

“喂，杜涅——格卢涅，”曲波忒叫喊道，“我在这里呀！你还找谁呢？”

那娃儿笑着走远了。

“为了我们的出行，你连手帕也不摇一下子么?”他笑着，又叫喊说。

“她连看你一看也不愿意。”锡觉德庚辩难道。

“就是讨厌你罢咧。”那来的回答说。

“哦，你自己可长得真漂亮啊，你这老疲马。”

大家都笑了起来。

“介涅，听哪，”柯久奔珂说，“我去拿我的手风琴来。你肯唱几句么?”

介涅表示着愿意，柯久奔珂却已经消失在箱子和袋子中间，立刻拿着一个大的手风琴回来了。他一下子坐在一段木料上，就动手，为了要调弦，照例是这么拉那么拉的弄了几分钟，发着些不知什么的音响。

“哪，我得拉什么调子呢?”他很爱新鲜似的去问介涅。他那姿势，看去也恰如疑问符号的一般。

“随你的便……我是都可以的。”

“那么，我们来唱‘斯典加·拉句[①]歌’罢。”

“我一个人可是不唱这个的，”介涅说，“你们得来相帮。”

“来罢，”曲波忒和檀鞠克同时说。

介涅唱起来了。开初很低，好像他先得试一试，来

① Stenka Rasin，见第一篇《苦蓬》注——译者。

合一下歌辞似的，于是就总是高上去……

他站起身，转脸向着河流。他的唱，不是为着围绕住他的人们的，倒是为了古班的波浪。

手风琴的伴奏却不行。柯久奔珂简直是不会拉的，但这也一点不要紧。介涅唱出歌词来，柯久奔珂便倾听着他那清越响亮的声音，刚要动手来“伴奏”，可已经是太晚了。我们青年们合齐了怒吼般的声音，和唱那歌词的后半篇。因此柯久奔珂的艺术便完全失了功效。货船上的人们都来围住了歌人，一同唱着大家知道的那一段。介涅开头道：

在伏尔迦的大潮头上，
通过了狭窄的山岛之门，
于是就吼出强有力的声音来了：
在彩画斑斓的船只上，
来到了斯典加·拉订的兵们。

在这刹那间，船就摇动起来。毫没有声响，也不打招呼，汽船拖了那些货船开走了。

船只成了长串，仿佛强大的怪物一样，沿河而去。这情景，颇有些庄严，但同时也可怕。一个部队开走了——到敌军的后方去……

并没有人分明知道，但前去要有什么紧要的和重大的事，却因了准备的模样，谁都已经觉得，领会了的。泊在岸边的时候，弥漫着汽船和拖船里的无忧无虑的开心，现在已将位置让给深远的，紧张而镇静的沉思了。这并不是怯，也不是怕，大约便是对于就要到来的大事件的一种无意识的精神底准备罢。在飘忽而含着意思的眼光上，在迅速而带着神经性的举动上，在忍住而且稀少的言语上——在一切上，人都觉得有一种什么新的东西在，是船只泊在岸边的时候所完全没有的。这心情只是滋长起来，我们愈前进，它也就愈强大，并且渐渐的成为焦躁的期待的样子了。

在汽船上，比在拖船上知道得多一点，大家都聚到舱面上来了，用手指点着各方面，高声的在谈论，敌人现在该在什么处所呀，那里有着什么什么沼泽呀，大道和小路是怎么走的呀……

古班河转了弯，蜿蜒在碧绿的两岸之间了。我们已经经过了科尔涅珂夫的坟墓——不过是一座很小的土堆，就在岸边。然而这却是谁都知道的历史的胜迹！这岸上曾经满流过鲜血。每一片地，都用了激烈的战斗所夺来。每一片地，都由红军用了宝贵的鲜血所买进，每一步每一步，都送过将士的性命的。

部队不住的向前进。

哥萨克的荒村，乌黑的影画似的散布在远地里了。树林却那里都望不见。无论向什么地方看过去——田野，牧场，水。有几处满生着绿得非常的很肥的草儿。此外就全都长些芦苇。但末后连这也少见起来。天快要到晚上了。

八月的夜，逐渐的昏黑下去。河岸已经消失，在那里，只看见水边有着奇特的夜雾的绦纹。既没有草儿和芦苇，也没有小树丛——什么都看不见了。船队慢慢的在前进。最前头是一只小汽船，弯曲着，旋转着，好像狗儿在生气的主人面前一样。它的任务，是在听取一切，察看一切，知道一切，并且将一切预先来报告。尤其紧要的是那船员要十分留心，不给我们碰在水雷上。

在这第一夜还不怕有大危险。但到早晨，我们是必须到达离克拉斯诺达尔七八十启罗密达的哥萨克村斯拉文斯基的。斯拉文斯基属于红军，所以直到那地方的两岸，也当然是红色的。然而这最末的推测，却也许靠不住，因为敌人的熟悉一切大路和间道，就像自己的背心上的口袋一样，往往绕到我们的后方，在我们没有料到的处所出现。现在就会在我们刚才经过的岸上遇见，也说不定的。然而很平静。我们在船上听不见枪声和喧嚣。人只听得汽船的轮叶下水声拍拍，有时战马因为被不安静的近邻挤醒，嘶鸣几声罢了。

舱面上空虚了。人们都进了船舱，一声不响。谁也不高兴说话。有的在打盹，一遇冲撞就跳了起来，有的坐着，凝视了湿的玻璃窗，一枝一枝的在吸烟卷。拖船上也都静悄悄。红色战士们靠了袋子，马鞍，或是互相倚靠了睡着了。打鼾，讲梦话，好像在比赛谁能更加高声和给人“铭记”似的。闭上眼睛，倾听着这无双的合奏，倒也是很有趣，很奇特的事。从冷藏库里，则传出些低微的呻吟和呓语——然而这在舱面上却几乎听不见，在岸上就简直完全听不见了。

我们的红色船队总在向前进。

一到深暗从地面揭开，东方显现了曙色的时候，我们到了斯拉文斯基了。先前这河上有一座很大的铁路桥，直通那哥萨克的村子。白军一知道他们的地位已经绝望，不再有什么用处，便将这桥炸毁了。桥体虽然坠下水，桥柱却还在，而且和歪斜了的中间的柱子，造成了一个尖角。我们这些船现在就得走过这三角去。这可并不是容易事，因为四边的河水是很浅的。这么一来，我们的工作就尽够了。一直弄到晚。一切都得测量，精细的计算和思虑。有句俄国的谚语，说是，人必须量七回，下一剪。我们也遵奉了它的指教，每一步，就查三回。于是出发的准备全都停当了。在斯拉文斯基，我们还要得到援助，加进新的战士去。现在已经几乎有了一千五百人。我们添补了一点食料和军火，仍然向前走。将全部队分为三队，每队都举好各别的司令。在我们前途的是什么，我们在夜间所等候的是什么，都尽量说给他们了。将近黄昏，我们就悄悄的离了岸。哥萨克村里，也没有人知道我们的开拔。这村子，是用士兵包围起来，给谁都不能进出的。但在这地方也保住了秘密。

秘密是救了红色别动队的性命的。

从斯拉文斯基到乌拉该的司令部，还得下航七十启罗密达去。这就足够整一夜了。我们的航海，是这样地算定的，没有天明，便到目的地，因为我们须利用夜雾登陆，当一切全在睡觉的时候，蓦地闯了出来。应该给敌人吃一个袭击，而我们是完全出乎意料之外地出现的。

这最末的一夜，在参加远征的人们，怕是终生不会忘记的罢。到斯拉文斯基为止，我们没有什么大害怕，这原是捏在我们手里的地方，即使岸上有些敌人，也不过偶然的事。然而在这满生在低湿的河岸上的芦苇和树丛之间，却到处有敌军的哨兵出没。我们在这里很可以遇见猛烈的袭击的。所以地位就格外的危险，我们必须有最大的警备。当开船之前，各队的司令都聚在河岸上，还匆匆的开了一个军事会议。那姓名和达曼军分不开的司令者，同志郭甫久鹤就在这里面。郭甫久鹤是在一九一八至一九这两年间，引着这尝了说不尽的苦楚的不幸的军队，由险峻的山路，救出了敌军的重围的。古班，尤其是达曼的人们，都以特别的爱，记忆着司令叶必凡·郭甫久鹤。他是一个哥萨克村里的贫农的儿子，当内战时候，连他所有的极少的一点东西也失掉了。他的家被白军所焚烧，家私遭了抢掠。郭甫久鹤便手里拿了枪，加入了全革命。他已经立过许多功。这回也就是。古班陷在危险里了。必须有人渡到敌人的后方，将自己的性命和危险的事情打成一片，来实行一回莽撞的，几乎是发狂一般的计划。谁干得这事呢？该选出谁来呢？这脚色，自然是同志郭甫久鹤了。体格坚强，略有些矮胖，广阔的肩身，他生成便是一个司令。他那一部大大的红胡子，好像除了帮他思索之外，就再没有什么别的任务了，因为郭甫久鹤每当想着事情的时候，总是捻着那胡子，仿佛要从脸上拔它下来的一般。在决定底的瞬息间，他整个人便是一个思想。他不大说话了，他单是命令，指挥。他也是属于那些在人民的记忆上，是有着作为半童话的，幻想的人物而生活下去的运命的人们这一类的。他的名字，已经和最荒唐的故事连结起来了，红色的达曼哥萨克人，也将这用在所有的大事件里。

郭甫久鹤站在岸上，不知不觉的在将他那大部的红胡子捻着，拔着。他身边站着他最高的，也是最好的帮手珂伐略夫。为了刮伤，他满脸扭曲到不成样，下巴歪向一边，上嘴唇是撕裂了的。珂伐略夫经历了多少回战斗和流血的肉搏，多少回捏着长刀的袭击，连自己也数不清了。他也记不清自己曾经负过几回伤。大概是十二到十五回罢。我不知道他的全身上可有一处完好，没有遭过炮弹片，枪弹，或者至少是土块所“轻轻的碰着”了的。这样的人，怎么会活下去，就令人简直莫名其妙。

瘦削身材，一副不健康的苍白的脸，满绕着柔软的黑胡子，他显出战士的真的形相来。尤其显得分明的，是在他的对于无论什么计划，即使很危险，也总要一同去干的准备上，在他的严峻的规律上，在他的人格的高尚和他的勇敢上。当兵的义务他虽然完全没有了，但他还不能抛掉来帮我们打仗，全然是出于自愿地来和我们合作的。到后来，我看见他当战斗中也还是很高兴，冷静而且镇定，恰如平常一样。重大的事件，他总是用了一样的勇敢去办好的，但后来报告起来，却仿佛是一件不值得说的工作。珂伐略夫一般的并不惹眼而却是真实的英雄，在我们红军里颇不少。但他们都很谦虚，很少讲起自已，不出锋头而且总是站在后面的。

和珂伐略夫对面，站着炮兵队长库勒培克同志。后来我在激战之际，这才认识了他。当我们别动队全体的命运悬于他个人的果决和勇敢的时候，当我们全盘形势的钥匙捏在他手里的时候，他显出他的本领来了。真令人歆羡他那种如此坚决的意志，如此的纯熟和舒齐。令人歆羡他的强硬和坚固，与其说是人，倒更像石头一样。但如果看起他来，他就仿佛一匹穿了制服的山羊，连声音也是山羊——微弱，尖利而且枯嗄。

在场的还有两三个司令们。会议也并不久，因为一切都已经在前天想妥，决定的了。

“叫康特拉来，”郭甫久鹤命令道。

这名字便由人们传叫开去了。

又稳又快的跑来了康特拉。

“我在这里，做什么事呀？”

单是看见这年青人，就令人觉得快活。他的眼里闪着英气，手是放在他那弯曲的小长刀的刀柄上。白色的皮帽子，快要滑到颈子上去了。宽阔的干净的前额，明亮而伶俐的眼睛。

“听哪，康特拉，”郭甫久鹤说，“你该知道的罢，我们就要动手的事情，是很险的。你只消一望，到处都是敌。沼泽里，小路上，芦苇和树丛里，到处埋伏着敌人的哨兵。你熟悉这一带地方么？”

“谁会比我熟悉呢，”康特拉笑着说，“这地方到海为止，全是些沼泽和田野。没有一处我不知道的地方。我曾经各处都走过的……”

“那么，就是了，”郭甫久鹤说，“我们没有多工夫来细想。开船的准备已经停当了。你去挑出两打很出色的人来，并且和他们……啡！”郭甫久鹤便吹一声口哨，用手指指点着很不确定的处所。

“懂得了……”

“那么，如果你已经懂得，我们就用不着多说。拿了兵官的制服，银扣，肩章去——出发罢。我们全都准备在这里了。去罢！”郭甫久鹤向了离他不远，站着的一个人说。那人当即跑掉了，立刻也就回来，拿着一个小小的包裹。

“拿这个去，”郭甫久鹤将包裹交给康特拉，说，“但要快。您一走，您就穿起这些来罢，但在这里却不行的。你挑一个好小子，给他十个人，教他们到左岸去，那里是不很危险的。你自己就在右岸，还得小心，什么也不要放过。如果有点什么事，你就发一个信号。你知道我们这边的信号的。你要在河的近地。”

“懂了。”

“那么，你要知道，如果你不能将两岸办妥，你就简直用不着回来……”

“是的，我可以去了么？……”

“是的，去罢，好好的干……”

康特拉忽然跑掉了，正如他的忽然跑来一样，而且不消多少工夫，就备好了马匹。马匹和人们，又都立刻聚成一堆，分为两队，也就全都跑掉了。人只见康特拉和二十五个青年用快跑在前进。

别一队是向左岸去的，我看见曲波忒在他们的前头。这巨人似的，强有力的大个子的哥萨克，跨在自己的黑马上，就好像一块岩石。他的近旁是介涅，孱弱的瘦削的青年，草茎一般伏在马的鬃毛上。士兵们都在船上目送着远去的伙伴。沉默而且诚恳。他们什么也不问。他们什么也不想人来通知。一切都明明白白的，清清楚楚的。没有人笑，也没有人开玩笑。康特拉跑了一个启罗密达半，便跳下马来，对他的部下道："你们的制服在这里，大家分起来罢，可不要争头衔。"人们打开了包裹，从中取出白军的勋章，肩章和扣子，帽章和别的附属品来，五分钟后，已经再也看不出我们红色哥萨克了。康特拉也打扮了一下，变成一个兵官，很认真，但也有点可笑。尤其是他试来摆摆官相的时候，大家便都笑起来了。因为他就像披着驼鸟毛的乌鸦。

黄昏还没有将它的地位让给暗夜，但我们的哨兵该当经过的道路，却已经几乎辨不出来。大家又上了马向前进……

"儿郎们，"康特拉说，"不要吸烟，不要打嚏，不要咳嗽，要干得好像全没有你们在这里的一样。"

大家很静的前进。静悄悄的，连马匹的脚步怎样地在湿的软泥里一起一落的蹄声，也只隐隐约约地听见。马脚又往往陷入泥泞里去，必须给它拔起。有人前去寻找更好的道路去了。这样地进行了一个钟头，两个钟头，三个……没有遇到一个人。是死了的夜。那里都听不到一点生命的声音。在芦苇里，在山谷里，都是寂静。沼泽上罩着昏暗的望不见对面的雾气。

但且住！——远远地听到声响了。是先前没有听到过的声音，仿佛是电话线的呻吟。也许是泉水罢，也许是小河罢……

康特拉停住了，大家也跟着他停下。康特拉向传来声响的那方面，转过耳朵去，于是将头靠在地上，这回可分明地知道了那是人声。

“准备着！”下了静悄悄的命令。

大家的手都捏住了刀柄，慢慢地前进……

已经清清楚楚地看见了六个骑兵的轮廓。他们正向着康特拉跑来。

“谁在那里！”那边叱咤道。

“站住！”康特拉叫道，“那里的部队？”

“亚历舍夫军团。”……“你们呢？”

“凯萨诺维支的守备队。”

骑兵跑近来了，一看见康特拉的肩章，便恭恭敬敬的向部队行一个敬礼。

“放哨么？”康特拉问。

“是的，放哨。”……“不过也没有什么一定。谁会在夜里跑进这样的地方来呢？”

“四边也没有人，我们已经跑了十五启罗密达了。”

在这瞬间，我们一伙就紧紧的围住了敌人的部队……

还问答了几句。知道他们的一两启罗密达之后，还有着哨兵。沉默了一会。康特拉的轻轻的一声“干！”就长刀闪烁起来了……

五分钟后，战斗已经完结。

于是大家仍旧向前走，其次的敌人的哨兵，也得了一样的收场……

勇敢的康特拉，只领着一枝小小的队伍，遇见了六个敌人的哨兵，就这样地连一个也没有给他跑掉。

曲波忒也遇到了两个哨兵，他们的运命也一样。只在第二回却几乎要倒楣。一个负伤的白军骑兵的马匹忽然奔跑起来，险些儿给逃走了。觉得省不掉，就送给它一粒子弹。

这曲波忒的枪声，我们在船上听到了，大家就都加了警戒。我们以为前哨战已经开头，因此敌人全都知道一切了。他是一定能够实行规则的。大家就站在舱面上，等候着信号。我们不断的等候，康特拉或者曲波忒就要发来的——然而没有。岸上是坟地一般静。什么也听不见。直到天明，我们整夜的醒在舱面上，大家都以为芦苇在微微的动弹，大家都觉得听到些兵器的声响，有一个很是神经质的同志，还好像连高声的说话也听见了。河岸很近，人已经可以分别出芦荡和田野来。

“我想，那地方有着什么，”一个人凝视着沿岸一带，指给他的邻人，开口说。

“什么也没有。胡说白道。”

但他也不由的向那边凝视，说道：“但是，且慢……是啊，是啊……好像真是的……”

“你以为那不像枪刺在动么?”

“是的是的，我也这么想……仔细的看一看罢——，但是，看哪，这边的是什么——这边，都是枪刺呀，还有那边——还有这边……”

“喂，汉子，可全是芦苇啊……动得这么慢！”

于是他不去看岸上了，但这也不过一眨眼间的事。接着又从新的开头……枪刺……枪……士兵，兵器声，说话声。这一夜是充满了可怕的阴郁的骚扰。谁都愿意抑制了自己，平静下来。然而谁也寻不着平静。表面的平静，是大家能够保住的。脸色，言语，举动——这些冷静而且泰然自若——但心脏却跳得很快，很强，头也因为充满了飞速的发射出来的思想，快要炸裂了。大家都在开始思索着一切办得到的，倒不如说，一切办不到的计划。如果从芦苇丛中放出枪来，可怎么办，如果大炮从岸上向我们吐出炸弹来，又怎么办——教人怎么对付呢？……

假定了许多事，想出了许多办法。然而在这样的境地里，毫没有得救的希望，却是谁都明白的。小河里面，笨重的船简直不能回转，再向前走罢，那就是将头更加伸进圈套里去了。但是人得怎么办呢？

这些事是大家一致的，就是应该赶快的登陆，抽掉了跳板，动手来格斗……

然而“动手来格斗”，说说是容易的。我们刚要上岸，敌人就会用了他的枪炮，将我们送进河里去。我们的战士们怎样的挤在汽船和拖船上，聚成一堆，他在岸上可以看得明明白白。大家都没有睡觉。自从离开了斯拉文斯基以后，他们都不能合眼。司令们将这回的计划连着那一切的危险和困难，统统说给他们了。教人怎么会睡觉。在这样的夜里，睡觉比什么都烦难。在这样的夜里，是睁着眼睛，眼光不知不觉地只凝视着暗地里的。很紧很紧的挤在船的所有角落里，低声谈起天来了。

"冷……"

"吹一吹拳头罢——那就暖了。"

"只要能吹起来——哪，如果有人给我们在岸上吹起（喇叭）来，可真就暖了哩。"那士兵于是转脸向了岸边，用眼睛示着敌人的方向。

"他们近么？"

"鬼知道——……人说，他们在岸上到处跑着的。人说过，他们就躲在这些芦苇丛里的——也有人去寻去了。"

"那么，谁呢？"

"康特拉出去了！"

"哦哦，这很不错，他是连个个窟窿都知道的！"

"唔，这小子又能干！"

"我很知道他的。在战场上的时候，他就得到过三个圣乔治勋章了。"

"但是我觉得——这里没有人——太静了！"

"他们也不会在发吼的——你这昏蛋！"

“他们却会开枪呀——那就完了!”

“不——我想，还没有从康特拉听到什么的!”

“怎么想听到这些呢。连一只飞机也还没有飞来哩。”

“这倒是真的。哦，总之，孩子，为什么没有飞机到这里来的呀。”

“为什么没有——它是麻雀似的飞来飞去的。先前它总停在市镇里，要太阳出山之前它才飞出来。你也看它不见的，这很明白。”

“唔，究竟它为什么在飞着的。我简直一点不懂，这东西怎么会飞起来。”

“那可我也不知道。恐怕是从下面吸上蒸汽去的罢。”

“你可有一点烟草么?”

“吩咐过的，不准吸烟!”

“哦哦，那是不错的——但我想，这样的藏在拳头里，就没有人觉得了。”

立刻有三四个人的声音提出反对的话来，没有许他吸烟草。

“我们就到么?”

“到那里?”

“喏，我们应当上陆的地方呀!”

“哪，如果我们应当上陆，那么我们就一定是到了!”

就这样地从一个问题拉到别个去。字句和字句联起来——完全是偶然的——完全是无意识的。

船总在向前进。船队几乎没有声响的移动着。

天亮了起来，暗雾向空中收上去了——第一只船靠了岸。另外的就一只一只的接着它，架在岸边的软泥里，那里都满生着走也走不过的杂草和芦苇。

离哥萨克村只还有两启罗密达了。河岸很平坦，我们的前面展开着一条宽阔的山谷，给兵士们来排队，是非常出色的。据熟悉这一带地势的人说，要在全古班找一个登陆的处所，没有比这里再好的了。连忙架起跳板，在惊人的飞速中，大家就都上了岸。我们刚刚踏着地面，就呼吸得很舒服，因为我们已经不在水面上——各个骑兵和狙击兵，在这里都能够防卫他的性命，而且谁也不至于白白的送死了。大炮拉了上去，马匹牵了出来，司令们教部队排了队，神经过敏也消失了。它换上了冷静的严肃的决心。一切做得很勤快，快到要令人奇怪，这些人们怎么会这样的赶紧。但我们战士们却都知道，在这样的境地里，赶紧和迅速，是必要的。骑马的司令们，围住了郭甫久鹤和我。在路上嘱咐了两三句，大家就各归了自己的队伍，一切都妥当了。袭击的命令一下，骑兵就开了快步，步兵的队伍是慢慢地前进。

介涅受了任务，是横过哥萨克村的街道去，将一切看个分明。他像鸟儿一般飞过了园地和树林，门窗全都关着的人家，广场和教堂——他横断了全村子，已经带着“一切照常”这一个令人高兴的报告回来了。倘要解释这奇怪的“一切照常”的意思，那就是说，这受了死的洗礼的哥萨克村，都正在熟睡。它一点也没有豫防，一点也没有猜出。几处的街角上有哨兵在打盹，用了渴睡的眼望着飞驰的介涅，好像以为他是从前线跑来的传令。居民也睡得很熟。不过偶或看见弯腰曲背的哥萨克老婆子，提了水桶踮着脚趾走到井边去。介涅又看见一架飞机，停在教堂旁边的广场上。在一所大房子的篱笆后面，介涅还见到两辆机器脚踏车和一辆摩托车。

他很疲乏，喘着气，述说过一切的时候，大家就都明白，我们是在没有人觉察之中，到了村子了。

全盘的行动，所打算的就只在完全不及豫防而且出乎意料之外的给敌军一个打击。袭击必须使他们惊惶，但同时也应该使敌人受一种印象，好像对面是强大的队伍的大势力，出色的武器，还带着强有力的炮队一般。所以我们也要安排下埋伏，不意的小战斗和袭击。这样干去，敌人就以为四面受了包围，陷于绝望的地位了。出乎意料之外的打击这一种印象，这时是必须扮演决定底的脚色的。

山谷的尽头，就在哥萨克村的前面，还有几块没有烧掉的芦田。这里是无论如何总是走不过，我们就只得绕一点路。

登陆，准备，排队，向着哥萨克村的前进，给化去了两点钟。但敌人呢——睡觉又睡觉，总不肯醒过来。雾气已经逐渐的收上去了，只在河面上还罩着厚厚的看不穿的面幕。

河在这里转了弯，直向亚秋耶夫市，于是流到海里去。

右岸有一条军道，是通着村子的。我们的部队的一部份，就利用了这军道，走到村背后了。向这方面，又派了曲波忒所带领的骑兵中队去，那任务，是在敌军倘要向亚秋耶夫退走，就来抵当他。

部队的各部份，那行动是这样地布置了的，就是从各方面，但又同时走到村子，开起枪来。我们的大炮也必须同时开始了行动。

屯在村里的敌军，也许看着情形，对我们会有强硬的抵抗。这很可怕，因为他们是有优秀的战斗性质的。他们里面，靠不住的只有被捕的红军。村里有凯隆诺维支将军的军团的一部份，亚历舍夫将军的联队，也是这将军的豫备大队，古班狙击兵联队，其中有着两个士官学校的学生。这之外，村里又驻扎有乌拉该的司令部和他的一切的枝队，还有各种小司令部以及白军后方的官员。而且我们还应该防备村人的敌对的举动，因为这哥萨克村，和我们是很不要好的。

不到早晨七点钟，部队临近了哥萨克村的时候，第一炮发音了。同时也开始了劈耳的轰击。大炮的雷鸣合着机关枪的爆响和步枪的声响，成为震聋耳朵的合奏了。士兵们直冲过去。摸不着头脑的敌人，完全发了昏，连一点的防御也不能布置。向着我们的胡乱开枪，也不能给我们丝毫损害。红军的步兵不住的前进，愈加压迫着敌军，将街道一条一条的前进了。到得市中央，我们这才遇见那准备了一点防御的敌。当这处所，带领我们的部队的是珂伐略夫。在这一瞬息间，踌躇一下就有怎么危险，他是很明白。他知道，敌人的恐怖，是能够消失的，那么，要收拾了他，就不是一件容易事。在这样的瞬息间，要得成功，就只要一个坚定而深沉的司令，他用的确的处置，制住惊慌的人们，他很快的悟出战斗的意义，并且捏住了胜利的钥匙是在那地方。恐怖，是大概因为百来个人发命令，既然很随便，而且常常完全相反，这才增加起来的。一种办法和别种相矛盾，为了着忙，发些只使事情为难而纠纷的命令。我们的敌人，就正落在毫无计划的这边跑那边跑，这么说那么说，这样办那样办的情况里了。

然而已经显出组织化的先兆，有计划的防御的先兆来。这紧要的机会是应该利用的，于是珂伐略夫就下了袭击的命令。他捏着手枪，自己留在左翼，到右翼去的是锡觉德庚。他的眼睛睁得很大，恰如在拖船上唱歌那时候一样。但现在却烧起着特别的火焰，闪闪的在发光。他全部的额上，一直横到眉光，刻一道深的严肃的皱襞。锡觉德庚的脚步是本来很重的。他仿佛踏勘地皮，必须走得牢靠似的在前进。在他身边是这样的放心，好像得到一种特别的平静和安全，觉得只要和他一气，就决不至于死亡，决不至于战败，他命令得很简单，很确当，又有些气恼。

敌人要在园子跟前排起阵来了。但还可以看出，他还没有将队伍排齐，还没有寻到人，来将这一大堆人又有力又有效地变成紧凑的队伍。

快得很，快得很……新的士兵们，从各方面涌到这人堆里去。他们从园子和人家，从马房和小屋里跑出来，人堆就愈来愈大，它在我们眼前生长起来了。它已经排开，它已经成为有组织的队伍的样子了，再一瞬间，我们就要碰着钢的刺刀的墙壁，再一瞬间，铁火的雹子就要向我们直注，步枪毕剥的发响，而我们的行列就稀疏下去……

呜拉！我们的行列里发了吼。

手捏着枪，我们的战士们向敌人堆里直冲过去了。那边就又更混乱起来。有的要向能逃的地方逃走，有的还在想开枪——但忽然之间，大多数人都站起身，抛掉他们的枪，向天空擎起了臂膊，在请求慈悲和宽大。

然而有几处还飞着枪弹，从我们的队伍里抽去顶好的人物。我们的最初的牺牲之一是勇敢的莱雍契·锡觉德庚。弹子正打在前额上，我们的英雄且是战士就死掉了。

但从院子的篱笆里，忽然跳出约莫五十人的一队，风暴似的直扑我们。我们的人们有些慌乱了，倒退了两三步。然而珂伐略夫的喊声已经发响："上去，呜拉，上去！"于是红军的士兵就野兽一般一拥而上，径奔抵抗者，将他打倒，不住的前进。我军和敌兵混杂在一起，人早已不能分别了。

当这半百的人们跳出篱笆来的时候，先前将枪枝抛在我们脚下的那些人，并没有加进去。他们一动不动的站在那里，愈加将臂膊擎得高高的，在等候慈悲，并且祈求仁善。红色的战士们围住了俘虏，将他们换了一个地方，碰也没有碰他们一下。抛下的枪械是检集起来，聚成一堆，赶快的运到岸边去。放眼一看，到处是伤兵。他们因为苦痛，在叫喊和呻吟，别一些是喘着临死的大气。查明了那五十个人，大多数是白军的军官了。连一个也没有饶放。

别的俘虏们，是带到拖船上去了。

曲波忒，那带着他的骑兵中队到了村背后的，一跑到芦苇边，就和大家一同下了马，等候着。十个人离开了他，排成一条索子，先头的一个直到哥萨克村。他们通报着在那里彼此有些什么事，战况对于我们怎么样，等等……

当有单个的白军士兵逃过来，曲波忒总不挥动他的部下，也不白费一粒子弹，尤其是不愿意使人明白他的所在。单个的逃兵跑进苇荡里来，自然也是常有的。那就不出声响地捉住他，因为第一要紧的是没有人知道我们还有埋伏。然而珂伐略夫的攻击刚要决定了战斗（的胜败），敌人的守备队的残兵便直向河边冲来，意思是要渡过这河，躲到对岸去。在这瞬息间，曲波忒就从芦苇间闯出，径奔在逃的敌兵了。这真是出了有些简直不能相信的事。从这方面，敌人是以为不会遇到袭击的。他们避向旁边，散在岸上，大多数是跑往先前泊着他们的船的处所去。然而船只早不在那里了。曲波忒的伙计将它弄走了。逃路已经没有，而骑兵却驰骤于逃兵之间。马刀在空中发闪，只要触着，就都灭亡。抵抗并没有。许多人就跳到水里面，想浮到对岸去。但是成功的很有限。大抵是在河的深处丧了他的性命了。

激昂的曲波忒骑着他的黑马，像猛兽一样，在岸上各处飞跑。他自己并不打，只是指示他的伙伴，什么地方还躲着溃走的敌人的大伙和小伙。曲波忒一切都留心。他的眼睛看着各方面，敌人怎样转了弯，他看见的，敌人怎样在寻遮蔽物，他也看见的。

一个莽撞的大草原上的骑士似的，檀鞠克捏着出鞘的长刀，从村子的这一头跑到那一头。他的帽子早已落掉了，黑色的乱头发在风中飘荡。

他全不管什么命令，只是自己寻出他的敌人来，鹰隼一般扑过去。冲落，砍掉，毫无饶放。当一切就要收梢的时候，自己方面开枪的一粒流弹，将檀鞠克的左臂穿通了。他不叫喊，他不呻吟，倒是骂，越骂越利害，从他那忠实的由希跳下，抚摩着它的鬃毛。战争是完结了……

多少人在这里死亡，多少人在河水里丧命，这恐怕永久不会明白。只有零星的逃兵，跑到芦苇这里来，躲到里面去。但大抵是在逃走着的中途就送了性命的。白军的兵官，穿了女人衣服，想这样逃到芦苇里去的也有。然而我们不给他跑掉一个人。

两点钟之内，全村已为红军所有了。

战斗一开头，敌人的飞机便从教堂广场飞起，向着还驻扎着敌人部队的各村子这方面飞去了。

当正在战斗的时候和以后，从村子的窗门里，园子里，都飞出石块和弹子来。村里的居民，是这样地招待了我们的。

在这回的拂晓战，俘获了一千个人，四十名兵官，一辆铁甲摩托车，机关枪，子弹匣，炮弹，医疗材料，印，官厅什物，官员履历以及别的种种东西，都落在我们手里了。这时候，汽船和拖船已经一径驶到哥萨克村来。俘虏和战利品就都弄到船上去。我们的人们也拿了担架，将负伤的朋友抬上船。他们大半是在冲锋的时候受伤的。

现在很明白了，敌人从飞机得到后方的大损失的报告之后，要试办的是简直退兵，或者派部队到哥萨克村去，将红军消灭。

敌人采取了第一法。他带了他的部队退却了，然而走向我们的村子来，因为要到亚秋耶夫去，到海岸去的惟一的路，是经过这里的。他想趁红军还没有扎得稳固，而且他所豫料的援军还没有开到之前，赶紧利用这条路。敌人的部队亢奋着，一定要竭力飞快的输送的。

于是敌军撤退了，当这时候，驻扎在敌人的位置邻近的我们的主力军，就动手来将他袭取，将他打击。在我们占领了的哥萨克村，必须看新的敌军的部队走进村里面，这才开始来战争。

首先开到了古班骑兵联队，各种步兵部队，以及别的正规军团。要抵制这样的大兵力的冲击，在我们是非常困难的，现在我们的任务，是在不给敌军以休息，妨害敌军的前进，并且用了屡次的冲突和打击，使他们陷于混乱，以待我们的主力军的到来。正午时候，受了敌军的出格的压迫，我们只得将从东通到西的外面的两条道路放弃了。敌人的主力军，也就正从这条道路在前进。

战斗又开头了。

这战斗上，敌军是带着两辆铁甲摩托车的，但他的景况，却还是困难得很，因为和他同时前进的我们的援军，正从背后压迫着他，使他不能用了他的主力，强悍的向我们袭击。远远地已经听到了炮声。这是要将他们的举动，和我们的联成一气的红军的大炮。

到四点钟，敌人部队的大数目，聚到哥萨克村里来了。好像决定要将红色别动队歼灭，并且赶下河里去似的。他开始了风暴一样的炮击，又变了袭击，接连不断。这强悍的风暴一样的压迫，逼得我们退到河边。红色的战士抛了草地，向河边退走，敌人就夹脚的追上来……

如果再给敌军压迫，我们还要退走下去，那就要全军覆没，是明明白白的。炮队的司令库勒培克同志，为了观察我们的炮击的效力，蹲在一株大槲树的枝子上已经三个钟头了。他汗流满额，靠了又湿又冷的树干，停着，好像一匹猫头鹰，用他的望远镜在探望，不为俗务分心。我们的炮队，是在离这槲树几步之处的，库勒培克就从自己的座位上，在改正发炮的瞄准。人总是听见他亮响的号令：一百！九十一！照准！一百！九十七！……

怪物一发吼，炮弹呻吟着，怒号着向空中飞去的时候，库勒培克就装一个很奇特的手势，指着落弹的方向。“好，好，”他叫起来，“这东西正打在狗脸上了。再来一下——但要快，孩子们——要快。他们在飞跑哩！”他望着沙砾的大雨落在地面上，人们飞上天空中的草地的尽头。“再来一杯，”他在上面叫喊，而我们的炮兵们是开炮又开炮。一个递炮弹，另一个将这装进炮里去，第三个就拉火。在这狂热的开火中，库勒培克就忘记了时间，疲劳，饥饿。除了大炮和炮弹，除了沙雨和飞跑的人们以外，他什么也不看，不管了。

而现在，敌军转了袭击，逐渐逼近我们的炮队和库勒培克的槲树来，但他却毫不想离开他的地位。他一点也不动，他不离开他的位置，他好像在小枝子上生了根似的。他的命令越来越清楚。他愈是屡次变换目标，他益发大声的发命令。大炮这里，是疲乏的气喘吁吁的炮手们。传递炮弹愈加迅速，愈加赶紧，而近来的敌军，就愈加吃了苦。

草地上面，就靠河边，离芦苇不远，道路分为两条的处所，架着机关枪，它和它的人员的任务，是在或是灭亡，或是制住敌军的袭击。

战马转脸向着河这边了。开放机关枪的我们的人们，蹲在小小的马车上，发了热似的在开火。我们站在他们的后面，抵制着撤退下来的部队。我看见了柯久奔珂，他几乎和机关枪溶成一气，两手紧捏了它，发射着，检查着，看一切可都合式。敌人已经望得见了，他不住的拥上来。

狙击兵啊，现在是全盘的希望只在你们了。你们肯支持你们的伙伴——我们就吃得住。但如果你们挡不住敌军，那么，首先是你们，和我们一起都完结！

敌人的部队，现在是多么逼近了啊。他们已经涌进草地来了——而在这瞬息间，——在这决定的，永远不会忘记的瞬息间，我们别动队全体的运命悬在一枝毫毛上面的瞬息间，我们的狙击兵却开始了不能相信的，扫荡一切的枪火了。

一分钟……两分……

敌人的队伍还在动弹。然而人已经在他们里面可以看出发抖，他们的动作已经慢下去，这回是全都伏在地上了。刚想起来，他们就遇到当不住的排枪。这真的危机一发的几分钟——其实并非几分钟，倒是几秒钟。红军的队伍站得住了，气一壮，改了攻势。这突然的改变，是出乎敌人的意料之外的。白军的队伍开始退却了。我们的地位就得了救。

而在这瞬息间，敌人的部队所在的草地上面，又开始爆发了榴霰弹。

当看见我们的红色友军的这个招呼的时候，战士们和司令们的风暴般的欢喜，简直是写不出来的。我们的友军来帮助了。相距已经很不远。他们要不使我们这一伙送掉性命了。红军的士兵便又开心，又气壮，开始去追击退走的敌。追击上去，一直到夜，一直到黑暗支配了一切。

我们竭力的试办，要和来帮的部队相联络，然而这试办失败了。因为在我们和赶紧来帮的部队之间，还有敌军的坚固的墙壁。芦苇和沼泽，又妨碍我们由间道去和友军连合起来。敌军是已经决计在村子里过夜，使他们的无数的辎重，能够运到海边去。

但我们却要利用了夜间来袭击。

离村子的广场并不远，教堂背后，曲波忒在一个大园子里藏着他的中队。他担着大大的任务，即使形势如何改变，也还是非做不可的。战士们坐在草上面，一声不响。战马都系在苹果树和洋槐的干子上，而大枝子上面，篱笆上面，则到处站着守望的红军的士兵。曲波忒在园子里跑来跑去，巡阅着自己的战士们，监督着坐在树上的守望者。从小河直到列树路一带，都埋伏着我们的骑兵中队。未来的夜袭的报告，各处都传到了。

郭甫久鹤和我坐在一堆干草后面，和跟着赶来的司令们接洽了几句话。这时候，从船上搬了大盘的食物来了，我们就饿狼似的，都向羹汤那边闯过去，因为自从天亮以来，除了烟卷的烟气之外，就什么也没有到过我们的嘴里面。站在四近的战士们，也步步的走近来。盘子显出磁力，将大家吸引过去了。然而倒运！我们的手头，竟连一柄汤瓢也没有。大家只有两次，得了真是一点点的东西，第一次不很好吃，第二次呢，可不能这么个个都有了。但这也不要紧。我们一伙就用了小刀，叉子，刚用木头雕成的小匙，从锅里舀出羹汤来，直接放进嘴里去。还有果子酱——弄一点烟草——我们就都快活，满足而且高兴了。

决定了到午夜去袭击。藏在园子里的骑兵中队，应该在必要的时机，离开他们的根据地，用一种猝不及防的突击，来完结那件事。

挑选了顶好的人们，派遣出去，要侵入敌阵的中央，到半夜十二点钟，在一两间小屋子上放起火来，并且抛几个炸弹，以给与很大的冲动。

一看见火光和烧着的干草的烟，那就得立刻，全体的狙击兵都开枪，全体的机关枪都开火，狙击兵还要叫起“呜拉”来，但在我们对于敌情还没有切实的把握之前，却不得开始战斗。到处都支配着寂静。我们这里，敌人那里。在这样的一个夜里，是料不到要有袭击的。人们都似乎踮着脚尖在走路，还怕高声的谈天。大家等候着。

我们已经看见了最先的火光。火老鸦在敌人的阵地上飞舞，几间小屋同时烧起来了。在这时候，我们就听见了炸裂的榴霰弹的钝重的声音，后来的几秒钟里起了些什么事，可不能用言语来描写了。炮兵中队发起吼来，机关枪毕毕剥剥的作响，一切都混成了一个可怕的震聋耳朵的轰音。

冰冷的耸人毛发的呜拉，冲破了夜静，钻进我们的耳朵来。呜拉！呜拉！这好像怕人的震动似的，遍满了村里的街道和园子。敌人打熬不住，舍掉他的阵地，开始逃走了。这瞬息间，埋伏的骑兵中队就一拥而出，给这出戏文一个收束。在烧着的小屋子的火光中，他们显得像是鬼怪一样。出鞘的长刀，喷沫的战马，乱七八遭跑来跑去的人们……

敌人也抵抗了，但是乱七八遭的，又没有组织。他开起枪来了，然而不见他的敌——姑且停止罢，又不知道该在什么时候，什么地方。这也拖延不得多久，哥萨克村就属于我们了。敌人都向田野和沼泽逃散，直到早上，这才集合了他的人们，但他早不想到村子这边来，却一径向着海那边前去了。

在半夜里，战争之后，我们的哨兵就进了村子，但全部队却一直等到早晨。当我们开进村里去的时候，又受了先前一样的待遇。从园子和人家里，都发出枪声来。他们是并不高高兴兴地招待我们的。到得早上，我们又聚集了新的战利品，并且将铁甲摩托车，机关枪，大炮，以及别的东西，许许多多都运上了船，以作战胜的纪念。

这时红军的旅团到了村里了。他们接办了我们的工作，要前去追击敌人去。红色别动队的任务是完结了——红色别动队可以回去了。

兴致勃勃地，我们大家带着歌唱和欢笑上了船，回到家乡去。谁都觉得，自己是参加了完成一种伟大而重要的事件了。谁的里面，还都生存着深邃的戏曲底的要素，而自己就曾经是戏曲中的家伙。船只离了岸。响亮的歌声打破了芦苇的幽静。我们在古班河里往上走，经过了和昨天一样的地方——但那时是在冰一般的寂静里，在剽悍的坚决里——而现在却高兴，有趣。在那时候，是谁也不知道岸上有什么东西等候着，在那时候，是谁也不知道自己可能生还的。

然而结果是伟大的。在归途上，我们的战士不过损失了一两打——但自然是顶好的同志们。

在“慈善家”的舱面上，苍白的，柔和的檀鞠克带着打穿的，挫伤的臂膊躺在一个担架上，很低很低的在呻吟。在一座高大的亲爱的坟墓里，就在芦苇的近旁，是钢一般的司令莱雍契·锡觉德庚在作永久的休息……

大家记得起死掉的同志来，船上就为沉默所支配，仿佛有一种沉重的思想，将一切活泼的言语压住了。

然而悲哀又将位置让给了高歌和欢笑。又是有趣的歌曲，又是高兴的心情，好像这一天和这一夜里什么事也没有的一样。

父亲

M·唆罗诃夫　作

太阳只在哥萨克村边的灰绿色的丛林后面，衰弱地映眼了。离村不远是渡船，我必须用这渡到顿河的那一岸去。我走过湿沙，从中就升起腐败的气味来，好像湿透的烂树。道路仿佛是纷乱的兔子脚印一般，蜿蜒着出了丛林。肿胀的通红的太阳，已经落在村子那边的坟地里。我的后面，在枯燥的杂树间缓步着莽苍苍的黄昏。

渡船就系在岸边，闪着淡紫的水在它下面窥视。橹在轻轻的跳动，向一边回旋，橹脐也咿哑作响。

船夫正在用汲水勺刮着生了青苔的船底，将水泼出外面去。他仰起头来，用了带黄的，歪斜的眼睛看定我，不高兴地相骂似的问道：

“要摆渡么？立刻行的，这就来解缆子。”

“我们两个就可以开船么？”

“也只得开。立刻要夜了。谁知道可还有什么人来呢。”他卷着裤脚，又向我一看，说：

“看起来，你是一个外路人，不是我们这里的。从那来的呀？”

“我是从营里回来的。”

那人将帽子放在小船里，摆一摆头，摇开了夹着黑色的，高加索银子一般的头发，向我使一个眼色，就露出他那蛀坏的牙齿来：

“请了假呢还是这么一回事，——偷偷的？”

“是退了伍的。我的年限满了。”

“哦……哦。那么是可以闲散了的……”

我们摇起橹子来。顿河却像开玩笑似的总将我们运进那浸在岸边的森林的新树里面去。水激着容易破碎的龙骨，发出分明的声音。绽着蓝的脉管的船夫的赤脚，就像成捆的粗大的筋肉一样。冷得发了青的脚底，坚韧的牢踏在滑滑的斜梁上，臂膊又长又壮，指节都粗大到突了起来。他瘦而狭肩，弯了腰，坚忍的在摇橹，但橹却巧妙的劈破波头，深入水里去了。

我听到这人的调匀的，无碍的呼吸。从他那羊毛线衫上，涌出汗和烟草，以及水的淡泊味的扑鼻的气味来。他忽然放下橹，回头向我道：

“看起来，好像我们进不去了，我们要在这里的树林里给挤破的了。真糟！”

被一个激浪一打，船就撞在一块峻峭的岩石上。它将后尾拼命一摆，于是总是倾侧着向森林进行。

半点钟后，我们就牢牢地夹在浸水的森林的树木之间了。橹也断了。在橹脐上，摇摇摆摆的飘动着挫折的断片。水从船底的一个窟窿里，滔滔的涌进船里来。我们只好在树上过夜。船夫用腿缠住了树枝，蹲在我的旁边。他吸着烟斗，一面谈天，一面倾听着野鹅的划破我们上面那糊似的昏暗的鼓翼的声响。

"唔，唔，你是回家去的；母亲早在家里等着哩，她知道的：儿子回来了，养她的人回来了；她那年老的心，要暖热起来了。是的……可是你也一定知道，她，你的母亲，白天为你担心，夜里总是淌着酸辛的眼泪，她也全不算什么一回事……她们都是这样的，只要是她们的疼爱的儿子：她们都是这样的……如果你们不是自己生了孩子，抚育起来，你们就永不会知道你们父母的辛苦的心。可是凡有做母亲的，或是做父亲的，都得为孩子们吃多少苦啊！

会有这等事的，剖鱼的时候，女人弄破了那鱼的苦胆。那么你舀起鱼羹来，就要苦得喝不下去。我也正是这样的。我活着，但是总得吃那很大的苦。我耐着，我熬着，但我也时时这样想：'生活，生活，究竟要到什么时候才是你这坏透了的生活的收场呢？'

你不是本地人，是一个外路人。你告诉我，恐怕我倒是用一条绳套在颈子上的好罢。

我有一个女孩子；她名叫那泰莎。她十六岁了。十六岁。她对我说：‘爸爸，我不愿意和你同桌吃东西。我一看见你的两只手，’她说，‘就记起了你就是用了这手杀掉哥哥的，我的身子里就神魂丧失了。’

但这些事都是为了谁呢，那蠢才却不知道。这正是为了他们，为了孩子们啊。

我早就结了婚，上帝给我的是一个兔子一样很会生养的女人。她接连给我生下了八个吃口，到第九个，她也完结了。生是生得好好的，但到第五天，她就死在热症里。我成了单身了。说起孩子们来，上帝却一个也不招去，虽然我那么恳求……

我那大儿子叫伊凡。他是像我的；黑头发，整齐的脸貌。是一个出色的哥萨克。做工也认真。别一个男孩子比伊凡小四岁。像母亲的。小个子，但是大肚子。淡黄头发，几乎是白的了，眼睛是灰蓝的。他叫达尼罗，是我最心爱的孩子。别的七个呢，最大的是女儿，另外都是小虫子……

我给伊凡在本村里结了婚，他也立刻生了一个小家伙。给达尼罗，我也正在搜寻着门当户对的，可是不平静的时代临头了。我们的哥萨克村里，大家都起来反对苏维埃权力。这时伊凡就闯到我这里来：‘父亲’他说，‘同去罢，我们同红军去！我以基督之名请求你！我们应该帮红军的，因为它是很正当的力量。’

达尼罗也想劝转我。许多工夫，他们恳求我，开导我。但是我对他们说：‘我是不来强制你们的。你们愿意往那去，去就是。可是我呢，我留在这里，你们之外，我还有七张嘴哩，而且张张都得喂的。’

他们于是离了家。在村子里，人们都武装起来了。无论谁，他有什么就用什么。可是他们也来拉我了：上战线去！我在会场上告诉大家道：

‘村人们，叔伯，你们都知道的，我是一个家长。我家里有七个孩子躺在木榻上，——我一死，谁来管我的孩子们呢？’

我要说的话，我都说了，但是没有用。谁也不理，拉了我送到战线上了。

阵地离我们的村子并不远。

有一天，恰是复活节的前一天，九个俘虏解到我们这里来了。他们里面就有达尼卢式加，我的心爱的儿子。他们穿过市场，被押着去见军官。哥萨克们从家家户户里跑出来，轰的一声，上帝垂怜罢。

‘他们一定得打死的，这些孱头。如果审问后带回来了，我们什么都不管，先来冷他们一下！’

我站着，膝头发着抖，但我不使人看出我为了自己的儿子达尼罗，心在发跳来。我看见了哥萨克们怎样的在互相耳语，还用脑袋来指点我，于是骑兵曹长亚尔凯沙跑向我来了：‘怎么样，密吉夏拉，如果我们结果共

产党，你到场么?’

‘一定到场的，这些匪徒!’我说。

‘原来，那就拿了枪，站在这地方，这门口。’

接着他就这样地看定了我：‘我们留心着你的，密吉夏拉，小心些罢，朋友，——你也许会吃不住的。’

我于是站在门前面，头里却旋转着这样的事：‘圣母啊，圣马理亚啊，我真得来杀我自己的儿子么?’

办公室逐渐吵闹起来。俘虏们带出来了。达尼罗就是第一个。我一看见他，便吓得浑身冰冷。他的头肿得像一个桶，皮也打破了。鲜血成了浓块，从脸上涌出。头发上贴着厚的羊毛的手套。是他们打了之后，用这给他塞住伤口的。那手套吸饱了血，干燥了，却还是粘在头发上。可见是将他们解到村里来的路上打坏的。我的达尼罗跄踉的走过廊下来。他一见我，就伸开了两只手。他想对我装笑脸，但两眼已经灰黑凹陷，有一只是全给凝血封住了。

这我很知道：如果我不也给他一下，村人们就会立刻杀死我的。我那些孩子们，便要成为孤儿，孤另另的剩在上帝的广大的世界上了。

达尼罗一到我在站着的地方，他说：‘爸爸——小爸爸，别了。’眼泪流下他的面庞来，洗掉了血污。至于我呢，我可是……我擎不起臂膊来，非常沉重。好像一段树。上了刺刀的枪俨然的横在我的臂膊上，还在催逼了，我就用枪柄给了我那小子一下子……我打在这地方……耳朵上面这里……他叫了起来：呜呜呵——呜呵——，两手掩着脸，跌倒了。

我的哥萨克们放声大笑，道：‘打呀，密吉夏拉，打呀，对你的达尼罗，好像在伤心哩，打呀，要不然，我们就放了你的血。’

军官走到大门口来了，面子上是呵斥大家模样。但他的眼睛是在笑的。

于是哥萨克们都奔向俘虏去，用刺刀干起来了，我的眼前发了黑，我跑掉了，只是跑，顺着街道。但那时我还看见，他们怎样将我的达尼罗踢得在地上滚来滚去。骑兵曹长用刀尖刺进了他的喉咙。达尼罗却不过还叫着：喀喀……”

因了水的压力，船板都瑟瑟地发响，榛树也在我们下面作悠长的呻吟。

密吉夏拉用脚去钩那被水挤逼上来的龙骨，并且从烟斗里叩去未烬的灰，一面说：

“我们的船要沉了。我们得坐在这里的树上，直到明天中午了。真倒运！”

他沉默了很久。随后就又用那低低的，钝滞的声音说了起来：

“为了这件事，他们将我送到高级宪兵队去了。——现在是许多水已经流进顿河里面了，但在夜里我总还是听见些什么，好像一个人在喘呼，在咽气，好像在勒死。就像我那一回跑走的时候，听到了的我那达尼罗的喘呼一样。

这就这样地使我吃苦啊，使我的良心。

我们和红军对着阵，一直到春天。于是绥克垒提夫将军来加入了，我们就将他们远远的赶过了顿河，直到萨拉妥夫县。

我虽然是家长，但当兵却是很不容易的，这就因为我的两个儿子都在红军里。

我们到了巴拉唆夫镇。关于我的大儿子伊凡的事，我什么也没有听到，什么也没有知道。但哥萨克们里面，却忽然起了风传了——鬼知道，这是从那里传来的呢——，说伊凡已经从红军被捉，送到第三十六哥萨克中队去了。

我这村里的人们便都嚷了起来：‘我们去抓凡加罢，他得归我们来结果的。’

我们到了一个村，瞧罢，第三十六中队就驻扎在这地方。他们立刻去抓了我的凡加，捆绑起来，拖到办公室。他们在这里将他毒打了一顿，这才对我说道：

‘押他到联队本部去!’

从这村到本部，远近是十二威尔斯忒。我们的百人团的团长一面交给我押解票，一面说——但他却并不对我看：

‘票在这里，密吉夏拉。送这少年到本部去。和你一起，他就靠得住。从父亲手里，他不跑掉的。’

这时我得了上帝的指点。他们想要怎样，我觉察出来了。他们叫我押送他去，是因为他们豫料着我会放他逃走的。后来他们就又去捉住他，将他和我同时结果了性命。

我跨进那关着伊凡的屋子去，对卫兵说道：

‘将这俘虏交给我罢，我得带他上本部去。’

‘带他去就是，’他们说，‘我们是随便的。’

伊凡将外套搭在肩膀上。拿帽子在手里转了两三个旋子，便又抛在长椅上面了。

我们离开了村庄。路是在上到一个冈子上。我不作声。他不作声。我常常回过了头去，是要看看可有人监察我们的没有。我们就这样地，大约走了一半路。到得一座小小的神庙的跟前。我们的后面看不见一个人。凡涅就向我转过脸来了。说道，他的声音是很伤心的：‘爸爸，——到本部，他们就要我的命了。你是带我到死里去的啊。你的良心还是总在睡觉么？’

‘不，凡涅，’我说，‘我的良心并没有睡着。’

‘可是对我却一点都没有同情么？’

‘你真使我伤心得很，孩子，为了愁苦，我的心也快要粉碎了。’

‘如果我使你愁苦，那就放我逃走罢。你想想看，

我活在这世界上，实在还没有多少日子哩。’

他跪下去了。在我面前磕了三个头。我于是对他说：‘让我们到了坡，我的孩子。那么，你跑就是。我来放几下空枪装装样。’

你也知道，已经成了一个小伙子了，从他嘴里是吐不出深情话来的。但他现在可是抱住了我的颈子，接吻了我的两只手……

我们又走了两威尔斯忒。他不作声。我不作声。我们到了坡上面。伊凡站住了。

‘那么，爸爸，再见。如果我们两个人都活着，我总要照顾你一世的。你总不会从我嘴里听到一回粗话的。’

他拥抱了我，这时我的心快要裂碎了。

‘走罢，孩子，’我对他说。他跑下坡去了。他时时回了头，向我装手势。我让他跑了十二丈远。于是我从肩膀上卸下枪，曲了一条腿，使臂膊不至于发抖，只一按……就直打在脊梁上了。”

密吉夏拉慢慢的从袋子里摸出烟囊来，用火石注意地打了火，慢慢的点在他的烟斗上，吸了起来。他那空着的手里，拿了发着微光的火绒。他的脸上的筋肉在牵动。在肿起的眼睑下，强项地，冷淡地闪着歪斜的眼睛。

“可是……他跳了一下，拼命的还跑了丈多路。这才用两手按住了肚子，向我回过身来了：‘爸爸……怎么的？……’他倒了下去，乱蹬着两脚。我跑过去，俯在他上面。他上翻着眼珠。嘴唇上吹着血泡。我想，现在是完了，他要死了。但他还起来一下。忽然间，说——向我的手这一边摸抚着：‘爸爸，我有一个孩子和一个女人……’他的头倒向一边了。他想用指头来按住那伤口。但那地方……鲜血只是从指头间涌出来……他呻吟着。仰天躺倒，严酷地凝视我。他的舌头已经不灵了。他还想说什么话，但只能说出：‘爸——爸，爸——爸……’来。我两眼里涌出了眼泪，并且对他说：‘凡纽沙，替我戴了苦难的冠罢。不错的，你有女人和一个孩子。可是我却有七个躺在木榻上啊。倘使我放掉你，哥萨克们就会结果我，那些孩子们也都得做乞丐了。’

他还躺了一会，于是完结了。他的手捏着我的手。我脱下他那外套和长靴，用一块布盖在他脸上，就回到村子里……”

“现在你判断罢，好人，我是为着孩子们受了这么多的苦楚，赚得一头白发的……我为了他们做活，要使他们不至于缺少一片面包。白天黑夜，都没有休息。……可是他们却像我那女儿那泰莎似的，对我说：‘爸爸，我不愿意和你坐在一个桌子上……’这怎么能受得下去呢？”

船夫密吉夏拉低下头去了。他还用沉重的，不动的眼光看定我。在他背后开始出现了黎明，熹微而且茫漠。从右岸上，在白杨的暗丛里，夹着野鸭的乱叫，响来了一个冷得发哑的，渴睡的声音：

“密吉夏拉！老鬼！船来……！”

枯煤，人们和耐火砖

F·班菲洛夫，V·伊连珂夫　合作

枯煤炉以几千吨三和土的斤两，沉重地压在基础木桩——一千二百个木桩——上面了，于是就将几千年间搬来的树木，古代的巨人的根株，被溪水冲下的泥土所夹带而来的野草，都在这里腐烂了的地底的泥沼，藏在它下面。这沼，是曾经上面爬着浓雾，晴明的时候，则涡旋着蚊蚋的密云的沼，只要有落到它肚子里来的东西，它都贪婪地吃掉了。但是，泥，树木，草，愈是沉到那泥泞的底里去，就逐渐用了它们的残骸，使沼愈加变得狭小。芦苇也一步步的从岸边逼近中心去，使它狭窄起来。沼就开始退却了，泥，树木，草，芦苇，从四面来攻击它，一边攻击，一边使它干涸，盖上了一层有许多凸起的，蛹一般的，泥煤的壳。

经过了几百年，壳变硬了，就成了满生着繁茂的杂草和野荆球树的矮林的黑土。

这样子，自然就毫不留下一些关于这的传说，记录或纪念，而将腐烂的泥沼埋没了。

于是人们到这里，在山脚下的广场上，摊开那筹划冶金工厂的图样来，指定了安设枯煤炉的地方，就在熔矿炉的邻近。河马一般呆相的挖掘机立刻活动起来了，掘地的人们走下很大的洞里去。人们赶紧走下去了，但当掘掉上层的黑土，挖掘机从它拖着嘴唇的大嘴里吐着大量的大土块，慢慢地再又旋转着它那有节的颈子的时候，才知道地底下很柔软，稀烂，就像半熟的粥一般。

人们发见了泥沼。

当开掘地基的时候，建设者们也知道地盘是不很坚固的，但在泥沼上面来安枯煤炉，却谁也没有想到过。这烂泥地，是也如矿洞里的突然发生煤气一样，全是猝不及防的出现的。建设者们愈是往下走，稀湿的地底就愈是在脚下唧唧的响，哺哺的响，并且将人们滑进它那泥泞的，发着恶臭的肚子里面去。

也许有简单的办法的，就是又用土来填平了地基，在那里种上些带着紫色耳环的白桦，或者听其自然，一任它再成为湛着臭水，有些蚊，蚋，野鸭的泥沼。但据工厂的设计图，是无论如何，炉子一定该在这里的，如果换一个地方，那就是对着已经有了基础的铸造厂，辗制厂的马丁式熔矿炉，水门汀，铁，石子的梯队摇手——也就是弄坏一切的建设，抛掉这广场。

退却，是不能的。

于是人们就浸在水里面，来打那木桩。首先——打下木桩去，接着又用巨大的起重机将它拔出，做成窟窿，用三和土灌进这窟窿里面去。建设者们用尽了所有的力量，所有的方法，所有的手段，打下了木桩——一千二百个木桩。

这么一来，那里还怕造不成枯煤炉呢？

发着珠光的耐火砖，好像又厚又重的玻璃一般，当当地响。砖头仿佛经过研磨，拿在手上，它就会滑了下去，碎成细碎的，玎珰作响的末屑。但工人们却迅速地，敏捷地将它们叠起来。砖头也闪着它带红色的棱角，在他们手里玩耍。枯煤炉的建造场上，就满是木槌的柔软的丁丁声，穿着灰色工衣的人们的说话声，货车的声响，喧嚣的声响。有时候，话声和叫声忽然停止了，于是音，响，喧嚣，就都溶合在仿佛大桶里的酒糟在发酵似的一种营营的声音里。

这样的一点钟——两点钟——三点钟。

营营声大起来了，充满了全建筑物，成为砖匠们的独特的音乐，和银色的灰尘一同溢出外面去了。

“原料！”忽然间，到处是工人们的叫喊，打断了营营声，于是头上罩着红手巾，脚穿破靴，或是赤脚的，身穿破烂的乡下式短外套的女人们，就从挂台将灰色的粘土倒在工人们的桶子里。

“花样！”

“花样？”

造一个枯煤炉，计有五百八十六种砖头的花样，即样式。其实，炉子是只要巧巧的将这些花样凑合起来就行的。砖都在那边的堆场上。将这些搬到屋里来，一一凑合，恰如用各件凑成发动机，缝衣机，钟表的一般，就好。凑成之后，涂上原科——炉子就成功了。是简单的工作。然而工人们每叠上一块新的花样去，就皱一回眉，花样有各种的样式，和建筑普通的房屋，或宽底的俄国式火炉的单纯的红砖，是两样的。有种种的花样——有圆锥形的，也有金字塔形的，立方体的，螺旋状的，双角状的。必须明白这些花样的各种，知道它嵌在什么地方，必须巧妙地涂上原料去，涂得一点空隙都没有，因为炉子里面就要升到一千度以上的热度，那时候，只要有一点好像极不要紧的空隙，瓦斯也会从那地方钻出来。而且——还应该像钟表的机件一样，不能大一个生的密达，也不能小一个生的密达，要正确到一点参差也没有。

突击队员知道着三和土的工人们已经交出了确立在木桩上面的炉子的地基，征服了泥沼的自己的工作；知道着石匠们应该造起足以供给五十五万好枯煤的炉子，为了精制石脑油，石炭酸，以及别的出产物，而将瓦斯由这里送到化学工厂里去的炉子来。他们知道着倘使没有枯煤，则每年必须供给一百二十万吨生铁于国家的熔矿，就动弹不得。

但是，只要有一点小空隙，有一点参差的缝，什么地方有一点小破绽，炉子也只好从队伍里开除出来。所以指导者们就总在炉旁边走来走去，测量砌好了的处所，一有破绽，即使是怎样微细的，也得教将这拆掉，从新砌一遍。就在近几时，当测量的时候，指导者们发见了炉壁比标准斜出了二十四米里密达①，也就教拆掉了。由此知道拆掉了的一排里的一块花样下面的原料里，有一片小小的木片。这怎么会弄到那里面去的呢？“谁知道呢！工人们难道将粘土统统嚼过，这才涂上去的么!”然而对于这等事，指导者们却毫不介意，将好容易砌好了的三排，全都推倒了——这是四个砖匠们的一日夜的工作。

就要这样精密的技术。

矿工们正在咬进库兹巴斯的最丰富的煤层去。他们无日无夜，在深的地底里，弄碎着漆黑的煤，几千吨的抛到地面上。煤就在平台上装进货车里，由铁路运到库兹尼兹基冶金工厂去，那地方，是两年以前。还是大野的广漠的湖和沼泽张着大口，从连山吹下来的风，用了疼痛的沙尘，来打稀有的旅客，并无车站，而只在支路

① 约合中国尺八分弱——译者。

的终点，摆两辆旧货车来替代的。

煤的梯队，飞速的奔向新库兹尼兹克——社会主义底都市，在广漠的平野中由劳动者阶级所建设的市镇去。

煤在这里先进碎矿机里去，被拣开，被打碎——煤和熔剂的混合物——于是用了货车，倒在炉子的烧得通红的大嘴里，经过十七个钟头之后，又从这里吐出赤热的馒头来……这就是枯煤。泼熄枯煤，吱吱的发响，像石灰一样，经过分类，再继续它的旅行，就是拌了生矿，跑进烧得通红的大嘴，大肚子的熔矿炉的大嘴里面去。

枯煤——是熔矿炉，发电所，化学工厂的食料。

新市镇是靠枯煤来维持生活的。

是的。但在目前，这还不过是一个空想，要得到枯煤，必须先将它放在耐火砖的装甲室里炼一炼，恰如建设者们将泥泞的饕餮的沼泽，炼成了三和土一般……那时候，空想就变了现实；那时候，铸造厂，辗制厂，发电所，化学工厂就一齐活动起来；那时候，机器脚踏车就来来往往，文化的殿堂开开了，而刚从农村来到这里的人们，正在每天将自己的劳动献给建设的人们——就从瞎眼的昏暗的土房的屋子里，搬到社会主义的都市，工业都市上来了。

突击队长西狄克，就正在空想着这件事。

建设枯煤炉，也就是搬到社会主义底都市去的意思。党和政府，将他看作他那突击队里，曾在特别周间，出过一天叠上五百块砖的选手的光荣的队员，而使他负着绝大的责任，西狄克是知道的，然而还是怀着这空想。

可是这里有耐火砖——这些五百八十六个的花样。

于是西狄克被不安所侵袭了。

他站在高地方，摇摇摆摆，好像在铰链上面一样。他似乎不能镇静的站着了，仿佛屋顶现在就要落到他的头上来，仿佛无论如何，他总想避开这打击，只是静不下，走不停。

他现在轻捷地，好像给发条弹了一下似的，跳了起来，跨过砖堆，跑到下面来了，于是和学徒并排的站着。

“不是又在用指头涂着了么?”他巧妙地将砖头向上一抛，砖头在空中翻了几个转身，轻轻地合适地又落在他手掌里了。他用了小刮刀，涂上原料，嵌在砖排里。砖就服服帖帖的躺在自己的处所，恰如小猪的躺在用自己的体温偎暖了的自己的角落里一般。

“要这么干的么?”在旁边作工的女学徒乎罗莫伐问道，于是红了脸。

“不这么，怎么呀?”西狄克莽撞地说。“在用别的法子涂着了罢。”

他讲话，总仿佛手上有着细索子，将这连结着的一样。脸是干枯的，面庞上满是皱。皱纹向各方面散开——从眼睛到耳朵，从下巴到鼻子，于是从此爬上鼻梁，溜到鼻尖，使鼻尖接近上唇，成为鹰嘴鼻。

“畜生，畜生，”他咂舌似的说着，爬到上面去，从那里注视着六十个突击队，皱着眉头，还常常将什么写在笔记本子上。

这永是冷静，镇定，充满着自信的他，今天是怎么了呀？今天是有什么踬绊了他，有什么使他烦乱，使他皱眉，使他跑来跑去了。

今天，他又被奥波伦斯基的突击队比败了。

固然，在他，是有着辩解的话的。他的突击队——是砌红砖的专门家，来弄耐火砖，还是第一次，而且在他的突击队里，六十人中只有十一个是工人，此外——就都是学徒们和稷林一流的脚色。早晨，他问稷林道，“你以为要怎么竞争才好呢？”稷林答道，“只要跟着你，我是海底里也肯去的。”那里有怎样的海呢？那就是海，是——正在掀起第九个浪来的——奥波伦斯基。但是，从稷林，从虽在集团里而几乎还是一个孩子的人，从虽在献身于集团而还没有创造的能力的孩子的人，又能够收获些什么啊！然而奥波伦斯基的突击队，都大抵是中央劳动学校的学生，指导者们是从唐巴斯来的，他们在那里造过枯煤炉、有着经验。

在西狄克，是有辩解的话的。

但是，在这国度里，辩解是必要的么？能够总是依据着“客观底”原因么？不的。西狄克走来走去。他失了镇静，渐渐没有自信了。当他的突击队初碰见耐火砖的时候，他问道：

“怎样，大家？”

“和谁竞赛呀？”工人们问他说。“和奥波伦斯基么？什么，他还是一个乳臭未干的小子呢。”

这是的确的。一看见奥波伦斯基，就令人觉得诧异。他的姓名，是好像突击队的旗子一样，在广场上飘扬的，但他还不满二十一岁，显着少年的粉红的面颊，然而这他，却指挥着突击队，将西狄克的突击队打败了。

第一天，西狄克的突击队满怀着自信，用了稳重的脚步，走下到耐火砖的处所去，立刻占好自己的位置，含着微笑向别的突击队宣了战，动手工作起来。那时候，西狄克还相信是能得胜的。他和突击队都以极度的紧张，在作工时间中做个不歇——砖头当当的在响，木槌在敲。这天将晚，紧张也跟着增大了，用了恰如渔夫将跳着鱼儿的网，拉近岸来那时一样的力量。

但到晚上，西狄克的头发都竖起来了，他的突击队，每人叠了〇·五吨，可是奥波伦斯基的突击队却有——一·四吨。

“哦，”西狄克公开似的说，“明天一下子都赢他过来罢。”

然而明天又是新的低落。突击队在耐火砖上，在花样上碰了钉子了，无论怎样，一个人总不能叠到〇·九吨以上。其实，外国人[①]是原以每人〇·五吨为标准的，因为管理部知道着突击队的力量，所以加到〇·八吨。西狄克是已经超出了官定的标准了。但这说起话来，总是含着微笑，顺下眼睛的少年的康索谟尔奥波伦斯基，却将那他打败。

突击队的会议时，西狄克又发了和先前一样的质问：

“但是，怎样，大家?”

“怎样? 难呀，这砖头不好办。”

“难么? 比建设社会主义还难的事情，是没有的，可是不正在建设着么。”西狄克回答说，一面自己首先研究起来。

他采用了奥波伦斯基的方法，将全部分成队伍，四人一队，两个工人放在两侧，中间配上两个学徒。他测定了砖匠们的一切的动作，不再在远处望着工作，却紧紧的钉住了在监督了。

“奋斗罢。教恶魔也要倒立起来的。”工人们兴奋地说。

于是西狄克的突击队，就肉搏了奥波伦斯基了，每人叠了一·二吨，摩了他的垒。

然而昨天，奥波伦斯基又每人叠了二·二吨。人们说，这是世界底记录。西狄克发抖了，他在一夜里，就

---

① 当是从外国聘来的技师——译者。

瘦了下去，他的皱纹变成深沟。鼻子更加钩进去了，背脊也驼了，但眼睛却在敏捷的动，抓住了砌砖的全过程，分析出它的基础部分来。

西狄克的今天的静不下，就为了这缘故。

“畜生，畜生，”他喃喃地说。“缺陷在什么地方呢？”

在工人们么？工人们是在工作的。他们不但八点钟，还决心要做到十点钟，或者还要多——他们提议将全突击队分为轮流的两班，那么，一日一夜里，工人们可以做到十六点钟了。然而问题并不在这里。一日一夜做二十点钟工，是做得到的，为了砌砖而折断了脊梁，也做得到的。但是，建设事业是高兴这样的么？

这是无聊的想头。

那么，问题在那里呢？

在砌法么？不，耐火砖的砌法的技术，工人们好像已经学会了。加工钱么？笑话，突击队以这么大的紧张在作工，并非为了钱，是明明白白的。如果为了“卢布”，突击队只要照〇·八吨的标准，做下去就好，但在事实上，他们不是拿着一样的工钱，却每人砌着一·二吨么？

西狄克就这样地，天天找寻着缺陷，他注视着工作的进行，将这加以解剖，在笔记本子上画图，将工人们组织起来，又将他们改组，即使到了夜里，也还是坐在自己的屋子——隔壁总有小孩子哭着的棚屋里。

他连上床睡觉都忘掉了，他早晨往往被人叫醒，从桌子底下拉出来。

到今天六月一日，西狄克眼光闪闪地走到耐火砖这里来了。他看透了事情的本质。第一——是奥波伦斯基的突击队嵌砖嵌得很快，他们是已经和砖头完全驯熟了的。然而一切突击队，都有一个共通的缺陷，使他们叠得慢的，一定是递送砖头的人们，他们空开了时间，慢慢地递送，所以砖匠们只得空着手等候着。奥波伦斯基是仗着嵌砖嵌得快，从这缺陷逃出了。西狄克的突击队，还没有奥波伦斯基的突击队那样的和砖头驯熟。所以应该监督递送砖头的人们，借此去进逼奥波伦斯基的突击队。第二，是一到交代，走出去的时候，毫不替接手的人们想一想，随便放下了砖头。这里就将时间化费了，于是……

"独立会计，"西狄克说。"给我们一个地方罢，我们会负责任的。我们要分成两班，在一处地方，从头到底的工作下去，但递送的人们要归我们直接管理，我们要竭力多给他们工钱，按照着叠好的耐火砖的吨数来计算。"

自从将突击队改了独立会计之后，到第二天，西狄克才显出了一个大飞跃，逼近奥波伦斯基了。

夜。

工厂街的郊外（还没有工厂街，这还只是在基础里面的一个骨架），被散在的电灯的光照耀着。电灯在风中动摇，从远地里就看得见。库兹尼克斯特罗伊①——这是浮着几百只下了锚而在摇动的船的大船坞。

都市在生长着。

二万四千的工人们，每天从基础里扛起都市来，那是二万四千的西狄克们，奥波伦斯基们，稷林们。他们一面改造自然，使它从属于集团，一面改造自己本身，改造对于人们，对于劳动的自己的态度，于是在事实上，劳动就成为“名誉的事业，道德和英勇的事业”了。

现在我们又在耐火砖的处所了，我们的面前，有西狄克和奥波伦斯基在。

什么东西在推动他们，什么东西使他们忘记了睡觉的呢？

“我们到这里来，并不是为了卢布（卢布是我们随处可以弄到的，也不推却它），来的是为了要给人看看我们，看看我们康索谟尔是怎样的人。”奥波伦斯基回答说。

“我不懂，”西狄克开初说，停了一会，又添上去道，“我这里面有一条血管，是不能任凭它就是这模样，应该改造一下，应该给人们后来可以说——‘西狄克和

---

① “熔矿炉建设”的意思——译者。

他的突击队，是很奋斗了的’那么地，从新创造一下的。”

我们的阶级正在创造。

我们是生在伟大的创造的时代。

后　记

毕力涅克（Boris Pilniak）的真姓氏是鄂皋（Wogau），以一八九四年生于伏尔迦沿岸的一个混有日耳曼，犹太，俄罗斯，鞑靼的血液的家庭里。九岁时他就试作文章，印行散文是十四岁。“绥拉比翁的兄弟们”成立后，他为其中的一员，一九二二年发表小说《精光的年头》，遂得了甚大的文誉。这是他将内战时代所身历的酸辛，残酷，丑恶，无聊的事件和场面，用了随笔或杂感的形式，描写出来的。其中并无主角，倘要寻求主角，那就是“革命”。而毕力涅克所写的革命，其实不过是暴动，是叛乱，是原始的自然力的跳梁，革命后的农村，也只有嫌恶和绝望。他于是渐渐成为反动作家的渠魁，为苏联批评界所攻击了，最甚的时候是一九二五年，几乎从文坛上没落。但至一九三〇年，以五年计划为题材，描写反革命的阴谋及其失败的长篇小说《伏尔迦流到里海》发表后，才又稍稍恢复了一些声望，仍旧算是一个“同路人”。

《苦蓬》从《海外文学新选》第三十六编平冈雅英所译的《他们的生活之一年》中译出，还是一九一九年作，以时候而论，是很旧的，但这时苏联正在困苦中，作者的态度，也比成名后较为真挚。然而也还是近于随笔模样，将传说，迷信，恋爱，战争等零星小材料，组成一片，有嵌镶细工之观，可是也觉得颇为悦目。珂刚教授以为毕力涅克的小说，其实都是小说的材料（见《伟大的十年的文学》中），用于这一篇，也是评得很惬当的。

绥甫林娜（Lidia Seifullina）生于一八八九年；父亲是信耶教的鞑靼人，母亲是农家女。高等中学第七学级完毕后，她便做了小学的教员，有时也到各地方去演剧。一九一七年加入社会革命党，但至一九年这党反对革命的战争的时候，她就出党了。一九二一年，始给西伯利亚的日报做了一篇短短的小说，竟大受读者的欢迎，于是就陆续的创作，最有名的是《维里尼亚》（中国有穆木天译本）和《犯人》（中国有曹靖华译本，在《烟袋》中）。

《肥料》从《新兴文学全集》第二十三卷中富士辰马的译本译出，疑是一九二三年之作，所写的是十月革命时一个乡村中的贫农和富农的斗争，而前者终于失败。这样的事件，革命时代是常有的，盖不独苏联为然。但作者却写得很生动，地主的阴险，乡下革命家的粗鲁和认真，老农的坚决，都历历如在目前，而且绝不见有一般“同路人”的对于革命的冷淡模样，她的作品至今还为读书界所爱重，实在是无足怪的。

然而译她的作品却是一件难事业，原译者在本篇之末，就有一段《附记》说：

> 真是用了农民的土话所写的绥甫林娜的作品，委实很难懂，听说虽在俄国，倘不是精通乡村的风俗和土音的人，也还是不能看的。竟至于因此有了为看绥甫林娜的作品而设的特别的字典。我的手头没有这样的字典。先前曾将这篇译载别的刊物上，这回是从新改译的。倘有总难了然之处，则求教于一个熟知农民事情的鞑靼的妇人。绥甫林娜也正是鞑靼系。但求教之后，却愈加知道这篇的难懂了。这回的译文，自然不能说是足够传出了作者的心情，但比起旧译来，却自以为好了不少。须到坦波夫或者那里的乡下去，在农民里面过活三四年，那也许能够得到完全的翻译罢。

但译者却将求教之后，这才了然的土话，改成我所不懂的日本乡下的土话了，于是只得也求教于生长在日本乡下的M君，勉强译出，而于农民言语，则不再用某一处的土话，仍以平常的所谓“白话文”了事，因为我是深知道决不会有人来给我的译文做字典的。但于原作的精采，恐怕又损失不少了。

略悉珂（Nikolei Liashko）是在一八八四年生于哈里珂夫的一个小市上的，父母是兵卒和农女。他先做咖啡店的侍者，后来当了皮革制造厂，机器制造厂，造船厂的工人，一面听着工人夜学校的讲义。一九〇一年加入工人的秘密团体，因此转辗于捕缚，牢狱，监视，追放的生活中者近十年，但也就在这生活中开始了著作。十月革命后，为无产者文学团体“锻冶厂”之一员，著名的著作是《镕炉》，写内乱时代所破坏，死灭的工厂，由工人们自己的团结协力而复兴，格局与革拉特珂夫的《士敏土》颇相似。

《铁的静寂》还是一九一九年作，现在是从《劳农露西亚短篇集》内，外村史郎的译本重译出来的。看那作成的年代，就知道所写的是革命直后的情形，工人的对于复兴的热心，小市民和农民的在革命时候的自利，都在这短篇中出现。但作者是和传统颇有些联系的人，所以虽是无产者作家，而观念形态却与“同路人”较相近，然而究竟是无产者作家，所以那同情在工人一方面，是大略一看，就明明白白的。对于农民的憎恶，也常见于初期的无产者作品中，现在的作家们，已多在竭力的矫正了，例如法捷耶夫的《毁灭》，即为此费去不少的篇辐。

聂维洛夫（Aleksandr Neverov）真姓斯珂培莱夫（Skobelev），以一八八六年生为萨玛拉（Samara）州的一个农夫的儿子。一九〇五年师范学校第二级卒业后，做了村学的教师。内战时候，则为萨玛拉的革命底军事委员会的机关报《赤卫军》的编辑者。一九二〇至二一年大饥荒之际，他和饥民一同从伏尔迦逃往搭什干，二二年到墨斯科，加入"锻冶厂"，二二年冬，就以心脏麻痹死去了，年三十七。他的最初的小说，在一九〇五年发表，此后所作，为数甚多，最著名的是《丰饶的城塔什干》，中国有穆木天译本。

《我要活》是从爱因斯坦因（Malia Einstein）所译，名为《人生的面目》（Das Antlitz des Lelens）的小说集里重译出来的。为死去的受苦的母亲，为未来的将要一样受苦的孩子，更由此推及一切受苦的人们而战斗，观念形态殊不似革命的劳动者。然而作者还是无产者文学初期的人，所以这也并不足令人诧异。珂刚教授在《伟大的十年的文学》里说：

> 出于"锻冶厂"一派的最是天才底的小说家，不消说，是将崩坏时代的农村生活，加以杰出的描写者之一的那亚历山大·聂维洛夫了。他全身浴着革命的吹嘘，但同时也爱生活。……他之于时事问

题，是远的，也是近的。说是远者，因为他贪婪的爱着人生。说是近者，因为他看见站在进向人生的幸福和充实的路上的力量，觉到解放的力量。……

聂维洛夫的小说之一《我要活》，是描写自愿从军的红军士兵的，但这人也如聂维洛夫所写许多主角一样，高兴地爽快地爱着生活。他遇见春天的广大，曙光，夕照，高飞的鹤，流过洼地的小溪，就开心起来。他家里有一个妻子和两个小孩，他却去打仗了。他去赴死了。这是因为要活的缘故；因为有意义的人生观为了有意义的生活，要求着死的缘故；因为单是活着，并非就是生活的缘故；因为他记得洗衣服的他那母亲那里，每夜来些兵丁，脚夫，货车夫，流氓，好像打一匹乏力的马一般地殴打她，灌得醉到失了知觉，呆头呆脑的无聊的将她推倒在眠床上的缘故。

玛拉式庚（Sergei Malashkin）是土拉省人，他父亲是个贫农。他自己说，他的第一个先生就是他的父亲。但是，他父亲很守旧的，只准他读《圣经》和《使徒行传》等类的书：他偷读一些“世俗的书”，父亲就要打他的。不过他八岁时，就见到了果戈理，普式庚，莱尔孟多夫的作品。“果戈理的作品给了我很大的印象，甚至于使我常常做梦看见魔鬼和各种各式的妖怪。”他

一类的文学，很说了许多不满的话。

但这本书，日本却早有太田信夫的译本，名为《右侧之月》，末后附着短篇四五篇。这里的《工人》，就从日本译本中译出，并非关于性的作品，也不是什么杰作，不过描写列宁的几处，是仿佛妙手的速写画一样，颇有神采的。还有一个不大会说俄国话的男人，大约就是史太林了，因为他原是生于乔具亚（Georgia）——也即《铁流》里所说起的克鲁怎的。

绥拉菲摩维支（A. Serafimovich）的真姓是波波夫（Aleksandr Serafimovich Fopov），是十月革命前原已成名的作家，但自《铁流》发表后，作品既是划一时代的纪念碑底的作品，作者也更被确定为伟大的无产文学的作者了。靖华所译的《铁流》，卷首就有作者的自传，为省纸墨计，这里不多说罢。

《一天的工作》和《岔道夫》，都是文尹从《绥拉菲摩维支全集》第一卷直接译出来的，都还是十月革命以前的作品。译本的前一篇的前面，原有一篇序，说得很分明，现在就完全抄录在下面——

> 绥拉菲摩维支是《铁流》的作家，这是用不着介绍的了。可是，《铁流》出版的时候已经在十月之后；《铁流》的题材也已经是十月之后的题材了。中国的读者，尤其是中国的作家，也许很愿意知道：

人家在十月之前是怎么样写的。是的！他们应当知道，他们必须知道。至于那些以为不必知道这个问题的中国作家，那我们本来没有这种闲功夫来替他们打算，——他们自己会找着李完用文集或者吉百林小说集……去学习，学习那种特别的巧妙的修辞和布局。骗人，尤其是骗群众，的确要有点儿本事，至于绥拉菲摩维支，他是不要骗人的，他要替群众说话，他并且能够说出群众所要说的话。可是，他在当时——十月之前，应当有骗狗的本事。当时的文字狱是多么残酷，当时的书报检查是多么严厉，而他还能够写，自然并不能够“畅所欲言”，然而写始终能够写的，而且能够写出暴露社会生活的强有力的作品，能够不断的揭穿一切种种的假面具。

这篇小说：《一天的工作》，就是这种作品之中的一篇。出版的时候是一八九七年十月十二日——登载在《亚佐夫海边报》上。这个日报不过是顿河边的洛斯托夫地方的一个普通的自由主义的日报。读者如果仔细的读一读这篇小说，他所得的印象是什么呢？难道不是那种旧制度各方面的罪恶的一幅画象！这里没有“英雄”，没有标语，没有鼓动，没有“文明戏”里的演说草稿。但是，……

这篇小说的题材是真实的事实，是诺沃赤尔卡斯克城里的药房学徒的生活。作者的兄弟，谢尔盖，在一千八百九十几年的时候，正在这地方当药房的学徒，他亲身受到一切种种的剥削。谢尔盖的生活是非常苦的。父亲死了之后，他就不能够再读书，中学都没有毕业，就到处找事做，换过好几种职业，当过水手；后来还是靠他哥哥（作者）的帮助，方才考进了药房，要想熬到制药师副手的资格。后来，绥拉菲摩维支帮助他在郭铁尔尼珂华站上自己开办了一个农村药房。绥拉菲摩维支时常到那地方去的；一九〇八年他就在这地方收集了材料，写了他那第一篇长篇小说：《旷野里的城市》。

范易嘉志。一九三二，三，三〇。

孚尔玛诺夫（Dmitriy Furmanov）的自传里没有说明他是什么地方的人，也没有说起他的出身。他八岁就开始读小说，而且读得很多，都是司各德，莱德，倍恩，陀尔等类的翻译小说。他是在伊凡诺沃·沃兹纳新斯克地方受的初等教育，进过商业学校，又在吉纳史马毕业了实科学校。后来进了墨斯科大学，一九一五年在文科毕业，可是没有经过“国家考试”。就在那一年当了军医里的看护士被派到“土耳其战线”，到了高加索，波斯边境，又到过西伯利亚，到过“西部战线”和“西南战线”……

一九一六年回到伊凡诺沃，做工人学校的教员。一九一七年革命开始之后，他热烈的参加。他那时候是社会革命党的极左派，所谓“最大限度派”（“Maximalist”）。

> 只有火焰似的热情，而政治的经验很少，就使我先成了最大限度派，后来，又成了无政府派，当时觉得新的理想世界，可以用无治主义的炸弹去建设，大家都自由，什么都自由！

而实际生活使我在工人代表苏维埃里工作（副主席）；之后，于一九一八年六月加入布尔塞维克党。孚龙兹（Frunze，是托罗茨基免职之后第一任苏联军事人民委员长，现在已经死了。——译者）对于我的这个转变起了很大的作用，他和我的几次谈话把我的最后的无政府主义的幻想都扑灭了。（《自传》）

不久，他就当了省党部的书记，做当地省政府的委员，这是在中央亚细亚。后来，同着孚龙兹的队伍参加国内战争，当了查葩耶夫第二十五师的党代表，土耳其斯坦战线的政治部主任，古班军的政治部主任。他秘密到古班的白军区域里去做工作，当了“赤色陆战队”的党代表，那所谓“陆战队”的司命就是《铁流》里的郭如鹤（郭甫久鹤）。在这里，他脚上中了枪弹。他因为革命战争里的功劳，得了红旗勋章。

一九一七 —— 一八年他就开始写文章，登载在外省的以及中央的报章杂志上。一九二一年国内战争结束之后，他到了墨斯科，就开始写小说。出版了《赤色陆战队》，《查葩耶夫》，《一九一八年》。一九二五年，他著的《叛乱》出版（中文译本改做《克服》），这是讲一九二〇年夏天谢米列赤伊地方的国内战争的。谢米列赤伊地方在伊犁以西三四百里光景，中国旧书里，有译做《七河地》的，这是七条河的流域的总名称。

从一九二一年之后，孚尔玛诺夫才完全做文学的工作。不幸，他在一九二六年的三月十五日就病死了。他墓碑上刻着一把剑和一本书；铭很简单，是：特密忒黎，孚尔玛诺夫，共产主义者，战士，文人。

孚尔玛诺夫的著作，有：

《查葩耶夫》—— 一九二三年。

《叛乱》—— 一九二五年。

《一九一八年》—— 一九二三年。

《史德拉克》——短篇小说，一九二五年。

《七天》（《查葩耶夫》的缩本）—— 一九二六年。

《斗争的道路》—— 小说集。

《海岸》（关于高加索的“报告”），一九二六年。

《最后几天》—— 一九二六年。

《忘不了的几天》——“报告”和小说集，一九二六年。

《盲诗人》——小说集，一九二七年。

孚尔玛诺夫文集四卷。

《市侩杂记》—— 一九二七年。

《飞行家萨诺夫》——小说集，一九二七年。

这里的一篇《英雄们》，是从斐檀斯的译本（D. Fourmanow：Die roten Helden，deutsch von A. Videns Verlag der Jugendinternationale，Berlin 1928）重译的，也许就是《赤色陆战队》。所记的是用一支奇兵，将白军的大队打退，其中似乎还有些传奇色彩，但很多的是身历和心得之谈，即如由出发以至登陆这一段，就是给高谈专门家和唠叨主义者的一个大教训。

将“Helden”译作“英雄们”，是有点流弊的，因为容易和中国旧来的所谓“显英雄”的“英雄”相混，这里其实不过是“男子汉，大丈夫”的意思。译作“别动队”的，原文是“Dessant”，源出法文，意云“追加”，也可以引伸为饭后的点心，书籍的附录，本不是军用语。这里称郭甫久鹤的一队为“rote Dessant”，恐怕是一个诨号，应该译作“红点心”的，是并非正式军队，它的前去攻打敌人，不过给吃一点点心，不算正餐的意思。但因为单是猜想，不能确定，所以这里就姑且译作中国人所较为听惯的，也非正装军队的“别动队”了。

唆罗诃夫（Michail Sholochov）以一九○五年生于顿州。父亲是杂货，家畜和木材商人，后来还做了机器磨坊的经理。母亲是一个土耳其女子的曾孙女，那时她带了她的六岁的小儿子——就是唆罗诃夫的祖父——作为俘虏，从哥萨克移到顿来的。唆罗诃夫在墨斯科时，进了小学，在伏罗内希时，进了中学，但没有毕业，因为他们为了侵进来的德国军队，避到顿方面去了。在这地方，这孩子就目睹了市民战，一九二二年，他曾参加了对于那时还使顿州不安的马贼的战斗。到十六岁，他便做了统计家，后来是扶养委员。他的作品于一九二三年这才付印，使他有名的是那大部的以市民战为材料的小说《静静的顿河》，到现在一共出了四卷，第一卷在中国有贺非译本。

《父亲》从《新俄新作家三十人集》中翻来，原译者是斯忒拉绥尔（Nadja Strasser）；所描写的也是内战时代，一个哥萨克老人的处境非常之难，为了小儿女而杀较长的两男，但又为小儿女所憎恨的悲剧。和果戈理，托尔斯泰所描写的哥萨克，已经很不同，倒令人仿佛看见了在戈理基初期作品中有时出现的人物。契诃夫写到农民的短篇，也有近于这一类的东西。

班菲洛夫（Fedor Panferov）生于一八九六年，是一个贫农的儿子，九岁时就给人去牧羊，后来做了店铺的伙计。他是共产党员，十月革命后，大为党和政府而从事于活动，一面创作着出色的小说。最优秀的作品，是描写贫农们为建设农村的社会主义的斗争的《勃鲁斯基》，以一九二六年出版，现在欧美诸国几乎都有译本了。

关于伊连珂夫（V. Ilienkov）的事情，我知道得很少。只看见德文本《世界革命的文学》（Literatur der Weltrevolution）的去年的第三本里，说他是全俄无产作家同盟（拉普）中的一人，也是一个描写新俄的人们的生活，尤其是农民生活的好手。

当苏俄施行五年计划的时候，革命的劳动者都为此努力的建设，组突击队，作社会主义竞赛，到两年半，西欧及美洲“文明国”所视为幻想，妄谈，昏话的事业，至少竟有十个工厂已经完成了。那时的作家们，也应了社会的要求，应了和大艺术作品一同，一面更加提高艺术作品的实质，一面也用了报告文学，短篇小说，诗，素描的目前小品，来表示正在获胜的集团，工厂，以及共同经营农场的好汉，突击队员的要求，走向库兹巴斯，巴库，斯太林格拉持，和别的大建设的地方去，以最短的期限，做出这样的艺术作品来。日本的苏维埃事情研究会所编译的《苏联社会主义建设丛书》第一辑《冲击队》（一九三一年版）中，就有七篇这一种“报告文学”在里面。

《枯煤，人们和耐火砖》就从那里重译出来的，所说的是伏在地面之下的泥沼的成因，建设者们的克服自然的毅力，枯煤和文化的关系，炼造枯煤和建筑枯煤炉的方法，耐火砖的种类，竞赛的情形，监督和指导的要诀。种种事情，都包含在短短的一篇里，这实在不只是“报告文学”的好标本，而是实际的知识和工作的简要的教科书了。

但这也许不适宜于中国的若干的读者，因为倘不知道一点地质，炼煤，开矿的大略，读起来是很无兴味的。但在苏联却又作别论，因为在社会主义的建设中，智识劳动和筋肉劳动的界限也跟着消除，所以这样的作品也正是一般的读物。由此更可见社会一异，所谓“智识者”即截然不同，苏联的新的智识者，实在已不知道为什么有人会对秋月伤心，落花坠泪，正如我们的不明白为什么镕铁的炉，倒是没有炉底一样了。

《文学月报》的第二本上，有一篇周起应君所译的同一的文章，但比这里的要多三分之一，大抵是关于稷林的故事。我想，这大约是原本本有两种，并非原译者有所增减，而他的译本，是出于英文的。我原想借了他的译本来，但想了一下，就又另译了《冲击队》里的一本。因为详的一本，虽然兴味较多，而因此又掩盖了紧要的处所，简的一本则脉络分明，但读起来终不免有枯燥之感——然而又各有相宜的读者层的。有心的读者或作者倘加以比较，研究，一定很有所省悟，我想，给中国有两种不同的译本，决不会是一种多事的徒劳的。

但原译本似乎也各有错误之处。例如这里的“他讲话，总仿佛手上有着细索子，将这连结着的一样。”周译本作“他老是这样地说话，好像他衔了甚么东西在他的牙齿间，而且在紧紧地把它咬着一样。”这里的“他早晨往往被人叫醒，从桌子底下拉出来。”周译本作“他常常惊醒来了，或者更正确地说，从桌上抬起头来了。”想起情理来，都应该是后一译不错的，但为了免得杂乱起见，我都不据以改正。

从描写内战时代的《父亲》，一跳就到了建设时代的《枯煤，人们和耐火砖》，这之间的间隔实在太大了。但目下也没有别的好法子。因为一者，我所收集的材料中，足以补这空虚的作品很有限；二者，是虽然还有几篇，却又是不能绍介，或不宜绍介的。幸而中国已经有了几种长篇或中篇的大作，可以稍稍弥缝这缺陷了。

一九三二年九月十九日，编者。

图书在版编目（CIP）数据

一天的工作 / 鲁迅编译. — 北京：中国国际广播出版社，2013.1

（良友文学丛书）

ISBN 978-7-5078-3535-9

Ⅰ. ①一… Ⅱ. ①鲁… Ⅲ. ①短篇小说－小说集－苏联 Ⅳ. ①I512.45

中国版本图书馆CIP数据核字（2012）第265771号

一天的工作

编　　译	鲁　迅
责任编辑	张娟平　张淑卫
版式设计	国广设计室
责任校对	徐秀英
出版发行	中国国际广播出版社（83139469　83139489[传真]）
社　　址	北京复兴门外大街2号（国家广电总局内） 邮编：100866
网　　址	www.chirp.com.cn
经　　销	新华书店
印　　刷	环球印刷（北京）有限公司
开　　本	620×920　1/16
字　　数	130千字
印　　张	16.5
版　　次	2013 年 1 月　北京第一版
印　　次	2013 年 1 月　第一次印刷
书　　号	ISBN 978-7-5078-3535-9/I · 373
定　　价	45.50元

CRI 中国国际广播出版社

欢迎关注本社新浪官方微博

官方网站 www.chirp.cn

人文阅读与收藏·良友文学丛书

(1)	鲁　迅　编译	竖　琴
(2)	何家槐　著	暧　昧
(3)	巴　金　著	雨
(4)	鲁　迅　编译	一天的工作
(5)	张天翼　著	一　年
(6)	篷　子　著	剪影集
(7)	丁　玲　著	母　亲
(8)	老　舍　著	离　婚
(9)	施蛰存　著	善女人行品
(10)	沈从文　著	记丁玲
	沈从文　著	记丁玲续集
(11)	老　舍　著	赶　集
(12)	陈　铨　著	革命的前一幕
(13)	张天翼　著	移　行
(14)	郑振铎　著	欧行日记
(15)	靳　以　著	虫　蚀
(16)	茅　盾　著	话匣子
(17)	巴　金　著	电
(18)	侍　桁　著	参差集
(19)	丰子恺　著	车箱社会
(20)	凌叔华　著	小哥儿俩
(21)	沈起予　著	残　碑
(22)	巴　金　著	雾
(23)	周作人　著	苦竹杂记　（暂缺）